가나데혼 주신구라의
비극성

가나데혼 주신구라의 비극성

이성민 지음

한국학술정보(주)

서문

　『가나데혼 주신구라(仮名手本忠臣蔵)』는 주군의 복수를 위해 목숨을 바친 47명의 무사들의 이야기를 소재로 한 닌교조루리(人形浄瑠璃)와 가부키(歌舞伎) 작품이다. 이 작품은 일본을 대표하는 문예작품으로 평가받고 있는데, 1748년 첫 선을 보인 이후 260여 년이 지난 현재까지도 일 년에 수차례씩 일본 전역에서 상연되고 있을 만큼 인기가 대단하다. 무대극에서부터 영화와 드라마, 심지어 발레 작품으로까지 발표되는 주신구라모노는 일본의 범국민적 애호를 받는 문예작품이라고 해도 좋을 것 같다.

　그러나 이러한 『가나데혼 주신구라』는 몇 가지 문제점을 가지고 있어 심도 깊은 논의가 필요하다.

　우선, 『가나데혼 주신구라』와 겐로쿠 아코 사건의 상관성에 대한 혼란을 들 수 있다. 『가나데혼 주신구라』의 원형은 1702년 12월 14일 발생한 겐로쿠 아코 사건이다. 겐로쿠 아코 사건은 겐로쿠 14년(1701) 3월, 칙사의 향응 역인 아사노 다쿠미노카미 나가노리(浅野内近頭長矩)가 에도 성내에서 예전 지남 역의 기라 고즈케노스케 요시나카를 칼로 베었다가 아사노 나가노리가 당일 할복 명령을 받자, 최고위 가신인 오이시 요시오(大石良雄) 이하의 46인 무사가 이듬해 12월 주군의 복수를 달성하고 바쿠후의 할복 처분을 받은 사건이다.

그런데 『가나데혼 주신구라』가 일본 사회에서 인기를 끌게 되자, 겐로쿠 아코 사건은 주신구라 사건이라는 명칭상의 혼란을 갖게 되었다. 주군의 복수를 한 무사들의 행위를 문예작품으로 한 『가나데혼 주신구라』에서 명칭을 따와, 실제 사건인 겐로쿠 아코 사건을 주신구라 사건이라고 부른 것이다. 겐로쿠 아코 사건은 당시 바쿠후도 인정했던 것처럼, 불법 무력 집단 복수극이었다. 바쿠후가 무사들의 체면을 세워서 할복을 명하기는 했지만, 복수 자체가 정당한 것은 아니었다.

그러나 일본 사회에서 겐로쿠 아코 사건은 주군의 복수의 완결에만 관심을 둔 문예작품 『가나데혼 주신구라』에서 명칭을 가져온 주신구라 사건으로 불리고 있다. 겐로쿠 아코 사건보다 오히려 주신구라 사건으로 알고 있는 사람들이 더 많을 정도이다. 이러한 태도는 겐로쿠 아코 사건이 가진 불법 무력 집단 복수극이라는 본질을 훼손하고, 주군의 복수를 미화하는 문예작품의 주제의식을 역사적 사실로 오해하게 만들 수 있다.

두 번째로, 『가나데혼 주신구라』는 겐로쿠 아코 사건의 본질과 관련 없는 세태극으로 구성되었을 뿐만 아니라, 복수의 완결에만 초점을 맞춰, 역사적 사실을 왜곡할 수 있다. 겐로쿠 아코 사건은 평온한 에도 시대에 일대 혼란을 가져온 불법 무력 집단 복수극이었다. 15세의 소년부터, 76세의 노인에 이르기까지 47명의 무사들이 주군 아사노 다쿠미노카미의 개인적 결함에 의한 치정극에 동원되어 46명의 고귀한 생명을 잃는 것이 겐로쿠 아코 사건의 본질이었다.

『가나데혼 주신구라』는 세태극이며, 영웅 무용담일 수 있지만, 서구 미학적 관점에서 보면 비극이다. 비극은 판단착오에 의한 비극적 결함을 바탕으로 한다고 정의하고 있다. 아코 번의 무사들은 협량한 주군 아사노 다쿠미노카미 개인의 판단 착오를 자신들의 문제로 직결시킨다. 만약『가나데혼 주신구라』가 "연민과 공포"라는 비장미를 발휘하는 장면을 연출했다면, 인류보편적 문화관점에서 비극으로 인정받을 수 있을 것이다.

그렇지만『가나데혼 주신구라』는 사건의 발단에서부터 복수의 완결에 이르는 11단을 통해, 복수에 나선 무사들이 연출하는 비장감을 맛볼 수 없는 미완의 비극이다. 따라서 복수로 인한 결과가 생략되어, 생명의 소중함을 강조하는 인본주의적 가치가 생략될 수 있을 뿐만 아니라, 비극이 주는 비장감을 생략해서 목적주의적 가치관을 강화시킬 우려가 있다.

세 번째로,『가나데혼 주신구라』는 지카마쓰 몬자에몬(近松門左衛門)이 제시한 '기리와 닌죠(義理と人情)'라는 독법에 의해, 수평적 가치관보다 수직적 가치관이 강조될 수 있는 우려를 가지고 있다. 일본 사회에서 주군에 대한 의리가 강조된 것은 무사들의 전투가 많았던 센고쿠(戦国) 시대보다 오히려 사회가 안정된 에도 시대였고, 그 계기가 바로 겐로쿠 아코 사건이었다. 이러한 주군과 가신 간의 충성관계는 19세기 후반 니토베 이나조(新渡戸稲造)에 의해 정리된 부시도(武士道)의 성립에 영향을 끼쳤다.

니토베 이나조(新渡戸稲造)는 무사도란 유럽의 기사도(騎士道)와 마찬가지로 기사도의 기율이라고 정의하고 있다. 그리고 그 기율은 국가는 개인보다 우선해서 존재하며, 개인은 국가, 또는 그 정당한 권위를 위해 살아야 한다는 집단주의적 가치관을 기본으로 하고 있다.

이러한 무사도는 메이지 유신 이후, 일본의 제국주의적 경향에 영향을 끼쳤을 뿐만 아니라, 지금까지도 일본인들의 고유한 가치로 숭상되고 있다. 전체주의적 사고나, 집단주의적 가치관은 인간 자체를 중시하는 현대 사회의 도덕률에 위배되는 위험 요소를 가지고 있다.

네 번째로, 『가나데혼 주신구라』와 겐로쿠 아코 사건이 일본 중·고등학교 교과서에서 취급되고 있다는 점도 주목할 만한 사실이다. 사춘기 시절의 민감한 청소년들에게 복수에 대한 미화나, 집단행동에 대한 의식화가 이루어질 수 있다는 점은 보편적 인간애를 강조하는 세계주의적 관점에서 보면 배타성을 지닌 반 인본주의적 가치일 수 있다.

세계가 하나가 되고, 종교와 인종, 성별과 연령에 대한 차별이 없이, 인간이 인간 자체로 가치를 인정받는 인본주의적 사회에, 자신의 의사와 관계없이 집단의 목적을 위해 개인을 희생하는 사건을 교과서에서 가르친다는 것은 일본 제국주의를 경험한 주변국 국민들에게는 우려의 마음을 갖게 만들 수 있다. 일본의 역사 교과서나, 문학 교과서에서 겐로쿠 아코 사건을 주신구라 사건으로 왜곡하면서 교육하는 것은 『가나데혼 주신구라』의 인기에 관계없이 학문적으로 엄정한 비판을 하지 못하는 일본 사회의 구성원들에게 겐로쿠 아코 사건을 미화시킬 여지가 있다.

본서는 일본 사회에 편만한 '기리와 닌죠의 갈등'에 기반한 해석을 비판하며, 일본 사회 내부의 이해 방식이 아닌 인본주의적 사고방식을 바탕으로 『가나데혼 주신구라』와 겐로쿠 아코 사건을 분석하는 내용을 담고 있다. 연구의 주안점은 겐로쿠 아코 사건을 소재로 한 『가나데혼 주신구라』는 영웅담이라기보다, 집단적 비극물이라는 사실을 밝히는 것이다.

서론에 이어, 본론 제1장에서『가나데혼 주신구라』의 성립에 영향을 끼친 아코 사건과 무사도에 관해 정리하고, 제2장에서『가나데혼 주신구라』의 특성인 문예화와 구조에 관해 살펴보며, 제3장에서『가나데혼 주신구라』의 비극성을 분석하고 있다.『가나데혼 주신구라』의 비극성을 다룰 제3장은 크게 두 부분으로 나눠, 비극적 결함의 표현 방식과 비극성의 은폐를 고찰한다.

그리고 부록으로 겐로쿠 아코 사건 관련 일지를 실어, 겐로쿠 아코 사건의 발생 이후,『가나데혼 주신구라』의 형성과정을 간략하게 소개했다. 본문에 언급된 내용을 제외하고, 겐로쿠 아코 사건을 총체적으로 이해할 수 있는 표제어 중심으로 서술했다.

본 논문의 텍스트 및 인용 문구의 본문 페이지는『浄瑠璃集 新編 日本古典文学全集77』(小学館, 2002)을, 본문의 해석은 최관의『주신구라』(민음사, 2001)를 따랐음을 밝혀둔다.

본서는 저자의 고려대학교 석사학위논문「가나데혼 주신구라(仮名手本忠臣蔵)의 비극성 연구」를 바탕으로 한 것이다. 겐로쿠 아코 사건의 문화화 과정을 연구하는 일본문학 박사학위 논문을 준비하는 과정에서, 일단『가나데혼 주신구라』의 문제점을 비판하는 작업을 완결 지으면 좋겠다는 결단에 따라 출판을 결정했다. 나는 미국문학을 전공해서 박사학위를 취득하고, 다시 일본문학 학부에 들어가 석사와 박사학위 과정을 수료했다. 미국과 일본, 서양과 동양 문화에 대한 비교연구를 하려는 필자에게,『가나데혼 주신구라(仮名手本忠臣蔵)의 비극성 연구』는 학문적 이정표와 같은 기념비적인 작업이다.

끝으로 겐로쿠 아코 사건과『가나데혼 주신구라』의 상관성은 물론, 일본 문학 전체를 거시적으로 이해할 수 있도록 도움을 주신 지도교수 고려대학교 최관 교수님께 고마움을 표현하고 싶다. 30대중반 학부에 진학했을 때부터, 10년이 지난 지금까지 한결같은 마음으로 포용과 격려를 해 주시는 교수님이 없었다면, 본서는 간행될 수 없었을 것이다. 교수님에게 나는 늘 부족한 제자이고, 후배일 뿐이다.

전부 하나님께서 하셨다.

여의도에서

이성민

차 례

I

서 론

『가나데혼 주신구라』(仮名手本忠臣蔵, 이하『주신구라』)[1]는 일본 국민의 사랑을 받는 대표적인 문예작품이다.[2] 일 년에도 수차례씩

---

[1] 일반적으로『주신구라(忠臣蔵)』는 아코 무사가 원수를 갚는 것을 주제로 한 닌교조루리 (人形浄瑠璃)와 가부키(歌舞伎), 이야기 등을 총칭한다. 본 논문에서는 텍스트『가나데 혼 주신구라』와의 혼선을 막기 위해, 다케다 이즈모(竹田出雲), 미요시 쇼라쿠(三好松 洛), 나미키 소스케(並木宗輔) 3인 합작(合作)의『가나데혼 주신구라』는『주신구라』로, 아코 사건을 소재로 한『가나데혼 주신구라』이후의 총칭적 개념의 문예 작품들은 주신구 라모노로 표기한다.

[2] 『주신구라』는 메이지(明治) 기부터 각국에 번역, 소개되었다. 한국에는 일제강점기에 그 내용이 널리 알려진 것으로 보인다. 그러나 한국에서의『주신구라』는 활발하게 이루어지 지 않았다. 1945년 해방을 맞은 이후, 한국 사회는 일본 문화의 유입을 엄격히 차단하는 정책을 취했기 때문이었다. 그렇지만 그보다 더 중요한 이유는『주신구라』의 내용이 일본 군국주의를 연상시키는 집단 복수극과 집단 할복이라는 무시무시한 요소를 바탕으로 하고 있기 때문이다. 실제로『주신구라』는 처음 무대에 올랐던 18세기 초반부터, 2차 대전 패 전으로 인한 GHQ 통치기간에는 상연금지, 관련 출판물 발행 금지 등의 조치를 받아왔 다. 이러한 이유로『주신구라』는 일본인들의 열렬한 호응을 받는 현실과 달리, 일제 강점 을 경험한 한국에는 쉽게 소개될 기회를 찾지 못했다. 따라서『주신구라』가 한국 사회에 본격 소개된 것은 1988년 서울 올림픽을 기념하는 서울 국제 연극제에서였다. 이것은 서 울 올림픽 조직위원회가 일본 외무성을 통해서 정식으로 초정하면서 이루어진 일이었다. 일본인들이 감히 일본 문화의 출발이라고 자신하는『주신구라』에 대한 소개가 20세기 후 반에 시작되었다는 점은 다소 아쉬운 부분이다. 일본의 집단주의와 제국주의의 상관성을 연계한 연구가 제대로 이루어질 수 없었기 때문이다. 어쨌든『주신구라』에 대한 본격적인 연구는 서울 올림픽을 전후로 이루어지기 시작했다.
『주신구라』에 대한 연구의 신호탄은 전 이화여대 교수였던 이어령이었다. 그는「춘향전과 『주신구라』의 대조」를 통해, 한일 문화의 비교에 나섰다. 그는 두 작품 모두 두 나라의 문

일본 전역에서 다양한 형태의 주신구라모노(忠臣蔵物)가 상연되고 있다. 이것은 이 작품에 대한 관심과 애정을 가진 관객들이 항상 많이 존재하고 있음을 의미한다. 무대 예술에서부터 영화와 드라마에 이르기까지 무수하게 만들어지는 주신구라모노는 가히 범국민적인 애호를 받는 이야기임에 틀림없다.3)

화적 현상을 대표하는 민족극이며, 시대 계층, 장르를 초월해서 독자(청중)로부터 가장 많은 사랑을 받아온 최정상의 고전이라고 정의했다. 이어령 교수의 연구는 일본 문학에 대한 체계적인 연구가 이루어지기 힘든 20세기 한국 상황 속에서, 일본의 대표적인 문예 작품을 일문학자가 아닌, 일제 강점기에 일본의 국민교육을 받은 국문학자가 실행했다는 데 의미가 있다.

이어령 교수의 연구 이후에도 『주신구라』에 대한 연구는 제대로 이루어지지 않았다. 일제 강점에 대한 여파와 반일 감정으로, 일본학 자체가 제대로 이루어지지 않은 까닭이었다. 『주신구라』는 일본 대중의 관심과 사랑을 받는 작품이었지만, 최초 창작 연대는 일본학 연구에서 고전에 속하는 근세였다. 그러므로 한국 사회에서 일본 문학 연구는 메이지 유신기를 전후한 근대와 일제 강점기, 그리고 현대 문학으로 분류되는 종전 이후의 연구에 치중된 것이 사실이었다.

정작 『주신구라』의 내용이 구체적으로 소개된 것은 이어령 교수의 연구로부터 10년 가까운 시간이 흐른 다음이었다. 2001년 겨울, 고려대학교의 최관 교수는 다케다 이즈모와 미요시 쇼라쿠, 나미키 소스케가 합작한 『가나데혼 주신구라』를 번역해냈다. 한국인이 한글로 『주신구라』를 읽을 수 있게 된 최초의 상황이었다. 그는 일제 강점기를 경험하지 않은 해방 후의 한글세대로, 국내에서 일본학에 대한 토대를 마련하고, 일본 유학을 통해 일본 역사와 문화를 연구한 일본학 연구 2세대라는 점에서 특별한 의미를 가지고 있다. 이전의 일본학자들은 대부분 일제 강점기에 일본의 국민교육으로 일본어를 수학한 반면, 일본학 연구 2세대 학자들은 국내에서 자신의 의지로 일본학 연구를 결정한 세대이다. 그들은 국내 학부 등에서 외국인으로서 일본학 연구의 방향을 입장을 정리하고, 일본 유학을 통해 일본 역사와 문화를 연구해왔다.

한국의 일본학 연구 2세대인 최관 교수는 역자 서문에서, 일본 유학을 마치고 돌아와, 가장 먼저 해야 할 일이 『주신구라』의 번역이었어야 하는 이유를 밝히고 있다. 그는 연구되었어야 할 일본 고전 명작인 『주신구라』가 국내에서 번역조차 이루어지지 않았다는 사실에 받은 충격을 받았기에, 다른 무엇보다 먼저 이 작품의 번역을 해야겠다는 의무감을 느끼게 되었다고 번역 이유를 설명하고 있다. 최관 『주신구라』(민음사, 2001), p.185.

외국 문학 연구에서 원작의 번역은 다른 어떤 연구보다 중요한 가치를 지니는 일이기에, 최관 교수의 번역서 출간은 한국 사회에서 『주신구라』 연구의 이정표를 제시하는 일이었다. 최관 교수가 번역서 후기에서 밝힌 연구의 필요성 제시와 원문 번역을 바탕으로 서서히 일본의 국민문학 『주신구라』에 대한 연구가 이루어지고 있다. 몇몇 학자들이 『주신구라』에 관한 연구로 일본에서 박사학위를 취득하고 국내 강단에 돌아왔고, 국내 대학원의 연구자 몇몇도 『주신구라』에 관한 연구로 석사학위를 획득했다. 그렇지만 여전히 『주신구라』에 대한 연구는 미흡한 상황이다.

이러한 대중의 요구에 걸맞게,『주신구라』관련 서적도 쉴 새 없이 쏟아지고 있다. 어린이를 위한 만화책은 말할 것도 없고, 어른들을 위한 전문 서적에 이르기까지 다양한 서적들이 간행되었다. 18세기 이후 발간된『주신구라』관련 서적들의 제목만 살펴봐도, 얼마나 많은 연구자들의 집필이 이루어졌는지 쉽게 알 수 있다.『주신구라』관련 서적의 출판은 작품이 처음 등장한 근세 초기부터 근대와 현대를 거치며 일본 출판의 역사와 궤를 같이 하며 이루어졌다.4)

이와 같은『주신구라』에 대한 열정에 대해, 일본인들 스스로는 이 작품이 일본인들이 지향하는 정서를 대변하고 있기 때문이라고 주장하고 있다.5) 어느 민족에게나 국민 정서를 대변하는 문예 작품이

---

3) 이어령은 태평양 전쟁 직후 미국의 점령군들에 의해 주신구라모노의 공연이 금지되었던 사실, 다양한 이본들의 존재, 작품 생성의 연대와 사회적 배경, 유교적 언술 등을 근거로『주신구라』가 일본 내 모든 계층의 향유가 가능한 대표적 민족극이라고 주장했다. 이어령,「春香傳과 忠臣藏을 통해서 본 한일문화의 비교: 怨과 恨의 文化記號論的 해독」,『翰林日本學硏究 第1集』(翰林大學校 翰林科學院 日本學硏究所, 1996), pp.81-83. 최관도『주신구라』번역서의 작품 해설에서, 장르를 초월해서 매년 지속적으로 상연되는 점을 들어『주신구라』가 일본의 살아있는 고전 명작이며, 일본의 국민문학이라고 자신의 입장을 밝혔다. 최관, 전게서, p.185.

4)『元禄忠臣藏 データファイル』이라는 책에는 한권 분량의『주신구라』관련 작품군을 소개하고 있다. 여기에는 지금까지 발표된 주요 작품들을 망라하고 있다. 드라마 가운데에는 단막극을 제외하고, 대하드라마로 제작된 것만 15편이고(pp.170-171), 영화 43편(pp.172-173), 연극 171편(pp.228-242), 20세기 이후에 들어와서 발표된『주신구라』소설만도 86편(pp.174-176)이라고 밝히고 있다. 그 외에도 22페이지 분량의『주신구라』고기록 목록(pp.178-209), 18페이지 분량의『주신구라』참고도서 목록(pp.210-227)도 함께 소개하고 있다. 라디오 드라마나, 텔레비전 단막극, 쇼 프로그램에 사용된『주신구라』까지 기록한다면, 그 숫자는 기록할 수 없을 정도가 될 것이다. 이 가운데에는 아쿠타가와 류노스케(芥川龍之介)와 기쿠치칸(鞠池寬)을 비롯한 일본의 대표적인 작가들과 미조구치 겐지(溝口健二), 야마모토 가지로(山本嘉次郎)와 같은 감독들이『주신구라』의 문학화 작업과 영상화 작업에 참여했다는 사실이다. 이것은 마치 한국이나, 일본에서 역량을 인정받은 작가들이 중국의 고전 삼국지를 번역하는 것과 유사한 상황이다. 작가와 감독들은『주신구라』의 세계를 새롭게 창조하는 것을 통해서, 다른 작가들과 차별성을 보여주려 했던 것이다. 元禄忠臣藏の会,『元禄忠臣藏 データファイル』(新人物往來社, 1999).

5) 아코 사건이 발생했을 때, 바쿠후 성립 후의 지속된 사회 안정 속에서 겐로쿠 시대의 평화에 취해 있던 일본사회에 커다란 충격을 주며, 진정한 무사도가 무엇인가라는 논의로 파문을 몰고 왔다. 일본 사회는 주군에게 충성을 다한 무사도의 귀감으로 보는 입장과 바쿠후

있게 마련이다. 영국인들에게는 셰익스피어의 작품이 그렇고, 중국인들에게는 『삼국지』가 그러하다. 이와 마찬가지로, 일본인들은 『주신구라』를 통해서 정서적 일체감을 맛보며, 『주신구라』의 이해를 통해서 일본인으로 거듭나고 있는 것이다. 따라서 『주신구라』는 일본의 국민문학이라고 불러도 전혀 손색이 없는 작품이다.

이러한 『주신구라』에 대한 일반적인 이해의 방법은 '기리(義理)와 닌죠(人情)의 갈등'에 기반을 둔 해석이다. 이러한 관점은 근세 초기의 대표적인 작가 지카마쓰 몬자에몬[6])의 작품을 분석한 연구에서 비롯되었다. 하지만 '기리와 닌죠의 갈등'은 지카마쓰 몬자에몬의 작품을 뛰어넘어, 점차 에도 문학 전체를 이해하는 규준[7])이 되었다.

의 공적인 법을 중시해야 한다는 입장이 맞섰는데, 외형상으로는 아코 낭인 46명의 할복으로 사건은 정리되었지만, 일본인들은 그들의 행위 자체에 주목하였다. 이러한 상황으로 알 수 있는 것은 일본인들은 행위의 정당성보다, 행위를 수행하기 위해 응집하는 결단을 중시한다는 사실을 알 수 있다. 『주신구라』가 언제 상연해도 흥행에 성공한다는 가부키의 독삼탕(独蔘湯)가 되는 것은 일본인들이 갖는 작품에 대한 이러한 정서적 공감 때문이다. 최관, 『일본문화의 이해』(학문사, 2000), p.249.

6) 지카마쓰 몬자에몬(近松門左衛門)은 사랑의 관념의 중핵에 '나사케(情け)'가 있다고 정의하며, 나사케가 있을 때 인간은 인간다울 수 있다고 주장했다. 나사케란 도덕적 구애를 받는 관념이 아니라, 도덕의 지평보다 더욱 근원적인 세계를 뜻한다. 이것은 일본인이 중시하는 정의 세계가 심정이나, 정서의 세계에서 더 나아가 공감의 세계와 이어져 있다는 것을 의미한다. 그는 이런 관점에서 작품 활동을 전개했다. 源了円, 『義理と人情』(中公新書, 1974), pp.112–117.

7) 겐로쿠 시대에는 신주(心中)가 유행했었다. 많은 정사(情死) 사건들이 발생했던 것이다. 경제는 활성화하고, 번영의 시대였지만, 그 반면에 신주가 하나의 사회현상이 되었다. 신주는 사람이 의리를 세워, 진심을 다하는 의미로, 서로 사랑하는 남녀가 짐심을 표시하는 행위의 증거로 죽음을 택했는데, 그것을 신주라고 했다. 中江克己, 『忠臣藏と元祿時代』(中公文庫, 1999), pp.108–109.
지카마쓰 몬자에몬은 이러한 신주를 문예 작품으로 발표했는데, 그 가운데 가장 널리 알려진 작품이 소네자키 신주(曾根崎心中)였다. 이 작품의 원형은 아코 사건 발생 2개월 후에 소네자키 텐진(天神) 숲에서 도쿠베(德兵衛)라는 25세의 남자와 오하츠(お初)라는 21살의 여자가 동반자살을 한 사건이었다. 두 사람의 죽음에는 단순한 사랑의 이유뿐만 아니라, 인간관계와 가정 문제가 내재되어 있었다. 이 작품은 그래서 다른 신주와는 구별된 관점에서 제작되었고, 지카마쓰는 이 작품 이후 신주에 사랑 이상의 문제를 제기했다. 이것을 기리와 닌죠의 갈등으로 고뇌하는 비극으로 묘사했다. 中江克己, 상게서, pp.108–109.
이후 지카마쓰는 이러한 기리와 닌죠의 갈등의 의식구조를 가진 작품들을 발표하였고, 다

『日本国語大辞典』8)에는 기리를 인간으로 마땅히 지켜야 할 도리(4卷, p.579)로, 닌죠는 인간이 본래 가지고 있는 마음의 동향(10卷, 564)으로 각각 설명하고 있다. 기리는 일반적으로 공적 원리의 근간이 되고, 닌죠는 사적 원리의 기본9)이 된다고 말할 수 있다. 일본 사회에서, 기리는 은혜에 대한 보응, 명예와 체면에 대한 비난에 대한 행동방식, 타인에 대한 고려, 계약적 사회에서의 행동방식 등을 의미한다. 이에 비해, 닌죠는 슬프고, 서투르고, 유치한 개인적 감정을 뜻한다. 일본인들이 『주신구라』에 열광하는 가장 큰 이유는, 기리를 수행하기 위해 닌죠를 희생하는 무사들의 용기 있는 모습이 그려지고 있기 때문이다.10)

른 작가들에게 심대한 영향을 끼쳤다. 특별히 지카마쓰는 아코 사건을 취급한 고반타이헤이키(碁盤太平記)를 발표했는데, 이 작품에서도 기리와 닌죠의 갈등 구조로 작품을 그려냈다. 松島榮一, 『忠臣藏』(岩波書店, 1970), p.134.

8) 日本国語辞典第二版編輯委員會, 『日本国語大辞典』(小学館, 2001)

9) 그럼에도 불구하고, 기리와 닌죠를 공(公)과 사(私)라고 단정적으로만 이야기할 수는 없다. 기리가 바로 서구의 공적 의무를 직역할 수 있는 것은 아니기 때문이다. 기리는 일본인들의 마음인 닌죠와는 무관한 외적인 사회적 제제력과 구속력을 가진 사회적 규범과 습속을 의미하기 때문이다. 源了円, 상게서, p.25.

10) 가토 슈이치(加藤周一)는, '47인 무사'가 주어진 세계, 곧 구조라는 틀 안에서 '충의'라는 명분을 내세워 사적 행동으로 공적 가치에 도전을 했다고 생각하기 때문에, 대중(독자, 혹은 관객)이 '47인의 무사'를 지지했음에 틀림이 없다고 지적한다. 그리고 그는 이와 함께 47명의 무사들이 누구도 목표를 묻지 않고도 단결할 수 있는 힘을 가지고 있었다는 점에 주목하고 있다. 목표의 정당성을 외면하지만 집단적으로 단결할 수 있는 힘을 보여준 것이 바로 『주신구라』의 획기성이라는 것이다.
그러나 이러한 주장은 인본주의를 바탕으로 한 근대 이후의 입장으로 볼 때는 모순되는 점이 많다. 목표의 정당성이 없이 단결의 집단 소속감만을 강조하는 태도는 이후, 근대 일본이 지향하는 제국주의 논리와 다를 바가 없다. 뿐만 아니라 개인적 비극을 집단적 영웅담으로만 이해하는 것은 개인의 가치를 중시하는 현대 사회의 입장에서 볼 때 무의미한 일일 수 있다. 국가와 민족을 위해서이거나 공공의 적을 제거하는 것이 아니라, 주군 자신의 급한 성격에서 이루어진 사적 원한 관계를 복수하기 위해 무고한 47명이 죽음을 각오하고 복수극을 펼친다는 것은 어느 사회에서도 용납하기 힘든 일이다. 이것은 마치 독일제국이 세계 제국을 건설하기 위해 자신들보다 우월한 유대 민족을 학살해도 좋다는 주장을 펼친 것과 하등의 차이가 없다. 가토 슈이치, 『日本文学史 序説』(김태준, 노영희 역, 시사일본어사, 1996), p.167.

그러나 이러한 일본 사회 내부의 이해 방식은 일본 문화권 이외의 관객 혹은, 독자들이 선뜻 공감하기 어려운 부분을 가지고 있다. 닌죠를 희생하면서까지 기리를 완수해야 할 필요성이 있느냐는 점 때문이다. 일본의 전통적 문예관에서는 기리를 닌죠보다 높은 차원의 윤리로 해석하고 있다. 그렇지만 서구에서는 닌죠에 해당하는 개인적 권리와 가치들에 주목해 왔다. 공동선을 달성하는 경우에도, 개인적 권리와 가치의 희생을 요구할 때에는 사회 구성원이 납득할 만한 합리적 근거를 제시해야 한다. 이것은 단순한 합리성이 아니라, 인간의 가치를 세상의 무엇보다도 중요하게 여기는 인본주의적 사고가 내재되어 있기 때문이다. 따라서 이러한 인본주의에 바탕을 둔 외국인의 입장에서 볼 때, 아코 사건을 소재로 한『주신구라』는 영웅담이라기보다, 집단적 비극물이 된다.

　　그럼에도 불구하고 지금까지『주신구라』를 비롯해서 주신구라모노에 관한 연구는 주로 '기리와 닌죠의 갈등'에만 초점을 맞추어 전개되었다. 사회 저변에 확대된 '기리와 닌죠의 갈등론'을 중심으로 전개된 이해의 방식이 일반적이기 때문이다.11) 이러한 태도가 확립된 데에는 일본 문화는 일본적 가치기준으로만 이해될 수 있다는 고정관념이 내재되어 있었던 것과 함께, 이러한 연구방법을 대부분의 일본 연구자들이 거부하지 않고 수용한 것도 중요한 이유가 된다. 따라서 그런 까닭에『주신구라』에 관한 모든 연구들은 '기리와 닌죠의 갈등론'을 전제로 한 논의를 위주로 전개되어 왔다.12)

---

11) 일본의 고등학교 문학 교과서는『주신구라』의 주제에 관해서 '기리와 닌죠의 갈등'으로 소개하고 있다. 문부성이 검정한 교과서에서 취한 비평적 기준을 뒤집는 연구 방법을 제시하는 것은 쉽지 않다. 이에 대한 자세한 내용 소개는 본론에서 취급한다.

12) 일본 국문학연구자료관의 소장자료에서『忠臣藏』이라는 키워드를 입력하면, 268건의 자료가 제시된다. 제시된 자료들은 크게『가나데혼 주신구라』성립과 해설, 이본,『주신구라』, 성립과 발전, 공연 기록, 겐로쿠 시대와『주신구라』의 상관성,『주신구라』에 등장하

하지만 세계 문학적 가치기준에 익숙한 외국 연구자들에게는 이러한 연구방법은 부담이 되는 것이 사실이다. '기리와 닌죠의 갈등'은 일본적 가치일 뿐, 세계 어느 누구라도 쉽게 받아들일 수 있는 보편적 세계관이 아니기 때문이다. 『주신구라』의 독법을 '기리와 닌죠의 갈등'으로만 제한할 경우, 세계 문학에서 유례를 찾기 힘든 집단적 비극물인 『주신구라』는 다양한 이해 가능성은 생략되고, 일본의 연구자들이 만들어놓은 한계 속에 갇힌 지역적 시대문학으로 전락하고 말 것이다.

그렇지만 누구나 알고 있듯이, 『주신구라』는 일본의 국민문예로서, 근세는 물론, 근대와 현대까지 모두 포괄하는 문화적 표제어이다. 그러므로 이 작품은 단순한 문예작품으로서만이 아니라, 일본의 정신 의식적 지향성을 가늠하는 기준으로 이해되어야 한다. 세계 각국을 대표하는 문예작품은 구성원의 정체성을 형성하는 까닭에 국가 구성원들에게는 국민문학이라고 불리지만, 한편으로는 인류에 대한 보편적 가치를 지니고 있기 때문에 세계 문학적 관점에서 취급되고 있다. 이러한 관점에 볼 때, 『주신구라』가 일본 국민들에게 끼친 영향에 대한 단편적 파악에 제한된다면, 작품의 가치를 왜소화시킬 있다.

따라서 『주신구라』에 대한 연구는 일본의 전통적 독법에서 벗어나 다양한 방법으로 시도되어야 한다. 그렇게 될 때에야 비로소 『주신구라』는 일본 사회와 문화, 역사에 대한 집약물로 이해될 것이고, 세계인이 보편적 관점으로 공감할 수 있는 인류의 문화유산으로 이해될 수 있을 것이다.

는 무사들 개개인에 대한 비교 연구 등으로 제한되어 있다. 최근에는 연구 방법론에 대한 다양한 시도들이 이루어지고 있지만, 근본적으로 '기리와 닌죠의 갈등론'을 크게 벗어나지는 않고 있다.

따라서 본 논문은 '기리와 닌죠'이라는 기반을 중심으로 이루어진 일본 문학사의 일반적인 독해 방식을 벗어나, 서구 문예의 비극적 관점에서『주신구라』를 분석하려 한다.

사실『주신구라』는 아코 사건을 원형으로 하고 있지만, 복수 자체에만 초점을 맞추고 있지 않다. 역사적 사실로서 아코 사건은 주군을 잃은 무사들의 집단 복수극이지만, 문학작품으로서『주신구라』는 주군을 잃은 무사들이 복수를 실현하는 과정을 상술하고 있다. 따라서 비극적 결말이 확연한 실제 사실 아코 사건과 달리,『주신구라』는 관객이나, 독자들이 쉽게 비극이라는 것을 판별하기 어렵게 구성되어 있다.

이러한 사실은『주신구라』에 대한 지금까지의 연구를 통해서도 확인할 수 있다.『주신구라』는 동시대의 다른 문학작품들보다 비교적 적은 연구가 이루어진 문예작품이다. 또한 대부분의 연구 역시 성립 과정과 발전 과정에 관한 연구가 주류를 이룬다. 일본 현지에서도『주신구라』를 비극으로 취급한 논문이나, 학술서는 거의 찾을 수 없다.13)

서구 문학에서 비극(tragedy)의 개념은 전통적으로 그리스 비극(Greek tragedy)에서 출발한다. 브라이언 빅커스(Brian Bickers)는 "그리스 비극은 아버지와 아들, 남편과 아내, 통치자와 애원자의 인간관

---

13) 일본 내부에서『주신구라』를 비극으로 볼 수 없는 근본적인 이유는 서구 문예의 비극관을 획득할 수 없기 때문이다. 문예 이론으로 정착된 개념들은 대부분 교육적 개념이나, 추상적 상상의 개념이 아니라, 경험과 역사를 통한 획득적 개념이다. 비극의 역사가 있었기에 비극의 개념을 만들어 낸 것이다. 서구인들이 기리와 닌죠의 개념을 이해할 수 있어도, 일본인과 같이 공감할 수 없는 이유는 서구사회에서 기리와 닌죠의 개념을 발전시킬 역사적 상황이 발생된 적이 없었기 때문이다.
『주신구라』를 비극으로 이해하기 힘든 까닭은 바로 역사적 경험이 전무 한 문학 개념을 스스로의 힘으로 획득하지 않았기에, 자기 내부의 역사를 끊임없이 자기들이 만들어온 이해 기준으로 인식하게 된다. 일본인들에게 아코 사건과『주신구라』는 결코 비극이 될 수 없다. 그들이 주목하는 것은 복수 그 자체이지, 무사들이 맞이한 개개인의 죽음이 아닌 것이다.

계를 취급 한다"14)고 전제한다. 신화시대 이후, 모든 비극은 인간과 인간의 갈등에서 초래한다는 뜻이다. 아리스토텔레스(Aristotle)는 비극을 '비극적 결함(tragic flaw)'이 되는 실수나, 약점을 통해서 겪는 고난으로 풀이했다.15) 비극의 주인공이 자기 비극의 원인을 제공한다는 뜻이다. 주인공이 비극을 맞이하는 비극적 결함의 조건은 "자기과신(hybris), 이길 수 없는 상대(nemesis), 그리고 정의(dike)"16)이다. 칼 재스퍼(Karl Jasper)는 "죄에 대한 보상은 파멸(destruction)이다"17)라고 비극의 결과를 설명했다. 비커스는 비극적 주인공이 파멸의 과정에서 느끼는 감정은 '고통(suffering)'으로, 관객들에게 생기는 감정은 '동정(sympathy)'18)이라고 설명했다.

『주신구라』의 무사들은 무사로서의 도리를 지킨다는 높은 도덕성을 바탕(*dike*)으로, 자신들 마음속에 생긴(hybris), 주군의 원수에 대한 피할 수 없는(nemesis) 복수의 운명을 완수하며, 전원 할복이라는 고통과 불행(destruction)을 맞이한다. 이때 관객이나, 독자들은 비극적 주인공이 된 무사들에 대해서 '연민'을 느끼는 동시에, 그들이 맞이한 죽음에 대해서는 '공포'의 감정을 느끼게 된다. 이러한 양태는 아리스토텔레스가 주장한 비극적 주인공이 맞이하는 고통과 불행에 대해 느끼는 "비극적 연민과 공포(tragic pity and fear)"19)를 제공하는 비극과 전혀 다를 바가 없다.

---

14) Brian Vickers, 『Towards Greek Tragedy』(Longman Group Limited, 1973), p.3.

15) Robert Bechtold Heilman, 「Tragedy and Melodrama: Speculations on Generic Form」, Robert W. Corrigan, 『Tragedy Vision and Form』(Happer&Row, 1981), p.206.

16) Brian Vickers, 상게서, p.23.

17) Karl Jaspers, 「Basic characteristics of the Tragic」, Robert W. Corrigan, 상게서, p.70.

18) Brian Vickers, 상게서, p.52.

19) Susanne Langer, 「The Tragic Rhythm」, Robert W. Corrigan, 상게서, p.120.

그럼에도 불구하고, 『주신구라』에 대한 연구는 작품의 성립과 발전 쪽에만 치우쳐 있다. 아코 사건 관련 작품들이 주신구라모노로 자리를 잡아온 지난 300여 년 동안, 사건의 공간적·시간적 배경은 물론, 등장인물들이 실제와 다르게 변화되면서도 이야기의 원형이 유지되고 있는 것은 중요한 연구 대상이다. 세계적으로도 이와 같이 원형을 유지한 채, 작가와 세기가 바뀌면서도 계속해서 작품이 재탄생되는 경우는 흔치 않기 때문이다. 따라서 『주신구라』작품군의 지속적인 생명력과 변화, 발전성에 대한 연구는 당연한 일이다.

그러나 『주신구라』에 대한 비극적 연구가 존재하지 않는다는 사실은 아쉬운 일이다. 세계적으로 유래를 찾을 수 없는 전형적인 비극에 대해서, 비극의 입장에서 작품을 취급하지 못한다는 것은 이 작품에 대해서 관객이나, 독자는 물론, 평론가들까지 비극으로 간주하고 싶지 않은 여망20) 때문이다. 따라서 『주신구라』는 이제 '기리와 닌죠의 갈등'으로 국한된 일본적 문예관을 벗어나, 인간의 보편적 정서에 바탕을 둔 비극적 관점에서 다루어져야 한다.21)

이러한 비극론을 바탕으로, 본 논문에서는 『주신구라』의 무사들이

---

20) 아코 사건이 발생했을 때부터, 서민들 사이에서는 아코한의 무사들에게 동정적인 여론이 쏟아졌다. 이 사건에 관여한 무사들을 의사(義士)라고 부르기도 했다. 무사들의 행동에 찬성의 뜻을 표하고, 지지하는 사람들까지 있었다. 학자들까지 찬반논쟁을 불러일으키며, 어떤 처벌을 내려야 할지 논의가 진행되었다. 松島栄一, 전게서. p.128.
따라서 엄격한 바쿠후 체제에 대한 반발감과 무사다운 용맹성 등이 겹쳐져서, 무사들의 행위는 서민들에게 할복으로 끝난 비극적 상황에 대해서 용인하지 않고, 복수의 상황에 대해서 정당성을 부여하려는 분위기가 있었다. 이러한 정서는 근대를 거쳐, 현대까지 지속되고 있다.

21) 『주신구라』를 비극적 관점에서 취급하는 것은 서구의 비극적 개념이 옳고, 일본의 기리와 닌죠의 갈등론이 틀리다는 이분법적 논리가 결코 아니다. 『주신구라』는 일본적 가치를 지닌 전통문예작품이지만, 다른 한편으로 세계사가 이룩해낸 위대한 인류의 문화유산이기도 하다. 비극적 개념 역시 서구 문화가 이룩해낸 또 다른 가치를 지닌 문화유산이다. 이러한 정신사적 성과물을 상호 비교하며, 연구하는 것은 보편적 세계관을 확장하려는 현대 사회의 인문학 연구자들이 전개해야 할 당연한 과제이다.

복수를 완수하기 위해 왜 개인적 비극을 감수했는지, '기리와 닌죠의 갈등'이라는 개념을 수행하기 위해 실천되는 개인들의 행위가 어떤 의미인지를 지니고 있는지, 또한 기리를 수행하기 위해 닌죠를 희생한 무사들의 행위에 대한 비극적 요소가 무엇인지 파악하고자 한다.

이를 위해, 본 논문은 본론 제1장에서『주신구라』의 성립에 영향을 끼친 아코 사건과 무사도에 관해 정리하고, 제2장에서『주신구라』의 특성인 문예화와 구조에 관해 살펴보며, 제3장에서『주신구라』의 비극성을 분석하려고 한다.『주신구라』의 비극성을 다룰 제3장은 크게 두 부분으로 나눠, 비극적 결함의 표현 방식과 비극성의 은폐를 고찰하고자 한다.

본 논문의 텍스트 및 인용 문구의 본문 페이지는『浄瑠璃集 新編日本古典文学全集77』(小学館, 2002)을, 본문의 해석은 최관의『주신구라』(민음사, 2001)를 따랐음을 밝혀둔다.

Ⅱ
본 론

제1장 『주신구라』의 성립

제1절 아코 사건(赤穗 事件)

　『주신구라』는 1702년 12월 14일 발생한 아코 사건을 원형으로 하고 있다. 일본 문부성 검정 『詳解 日本史』의 '아코 사건'에 대해 연표에는, '아코 번 낭인, 기라 고즈케노스케(吉良義央)를 복수'라고 요약되어 있다.[22] 물론 이 간단한 요약 내용만으로는 정확한 역사적 사실을 이해할 수는 없다.

　역시 문부성 검정을 통과한 국서간행회 발행의 고등학교 『最新 日本史』에는 연표는 물론, 교과서 본문 내용으로 좀 더 자세하게 아코 사건에 관해 기술되어 있다. 이 책에서는 아코 사건을 무사도와 연계하고 있다. 아코 번의 낭인들이 기라 고즈케노스케라는 인물에게 복수를 한 것을 무사도에 근거한 행위로 보고 있는 것이다. 본문 내용

---

22) 靑木美智男, 深谷克己 外 9人, 『詳解 日本史』(三省社, 1993), p.358.

은 아래와 같다.

　　겐로쿠 14년(1701) 3월, 칙사의 향응 역인 아사노 다쿠미노카미 나가노리(浅野內近頭長矩)가 에도 성내에서 예전 지남 역의 기라 고즈케노스케 요시나카를 칼로 베어, 나가노리는 당일 할복을 명받았다. 최고위 가신인 오이시 요시오(大石良雄) 이하의 46인 무사는 낭인이 되었고, 고심하던 끝에 이듬해 12월 복수를 달성하였다.

　　당시, 사회에 금전숭배와 향락 분위기가 넘쳐흘러, 이념보다는 생활에 급급해서, 무사의 기풍은 더욱더 쇠약해지고 있었다. 아코 무사의 사건이 일어나자, 사람들은 무사에 대한 공감이 모아졌다.

　　바쿠후는 처분에 고심해서, 결국 법적으로는 죄인이지만 무사의 면목을 세워 무사들에 할복이라는 명예로운 처분을 내렸다. 이 행위를 부인하는 식자도 있었지만 대학두 하야시 노부아쓰(林信篤)는 세도인심에 끼친 영향을 높이 평가했다. 또한 아자미 케이사이(浅見綱斎)는 주인을 바꾸는 이동 봉공이 보통이 된 무가 사회에서 주군의 복수를 수행한 것은 무사의 모범이라고 말하고, 무로 규소(室鳩巣)도 '아코의인록(赤穂義人錄)'을 지어서 깊은 동정을 기울였다.[23]

　아코 사건을 무사도와 연관 지어 설명한 내용으로, 일본의 고등학교 역사 교과서 가운데 비교적 자세히 기술된 사항이다.[24] 그렇지만

---

23) 奈正幸, 小堀 桂一郞, 村松 剛 外 9名, 『最新日本史』(国書刊行會, 1994), p.129.

24) 일본 고등학교 교과서에서 아코 사건을 취급하는 방식은 크게 3가지로 나눌 수 있다. 첫째는 상세하게 서술하는 방식, 두 번째는 아코 사건을 단순하게 소개하는 방식, 세 번째는 아코 사건에 관해 전혀 언급하지 않는 방식이다.
　아코 사건을 상세하게 소개한 방식은 크게 두 가지로 나눌 수 있다. 아코 사건과 무사도를 연계해서 취급한 형태이다. 앞서 언급한 국서간행회의 최신 일본사 이외에『新編 日本史』(原書房, 1990)가 예이다. 이 두 책에 실린 내용은 서로 같다. 출판사는 다르지만 저자가 같기 때문이다. 아코 사건을『주신구라』와 연계해서 소개한 교과서도 있다.『新日本の歷史』(山川出版社, 1993)에서는 아코 사건을 소개하는 데 그치지 않고,『주신구라』가 발표된 것과 이 작품이 국민적 연극이 되었다는 내용까지 취급하고 있다. 이들 책에서는 연표에서까지 아코 사건을 기재하고 있다.
　아코 사건을 무사도와 연계하지 않고 소개하는 방식 역시 크게 두 가지로 나눌 수 있다. 첫째는 교과서 내용과 연표에서 자세하게 언급하고 있는 형태이다. 아코 사건을『주신구라』와 연계한 교과서를 출판한 山川出版社의 또 다른 역사 교과서인『標準日本史』(山川出版社, 1993)이다. 이 책의 저자들은『新日本の歷史』의 저자들과 다른데 아코

이것만으로는 내용을 쉽게 이해하기 힘들다. 사건의 발단에 대한 부분이 생략되었기 때문이다.

그런데 의외로 사건의 발단은 단순했다. 아코 번의 젊은 영주 아사노가 거물급 영주인 기라로부터 따돌림을 당하자[25], 분을 못 이기고 칼을 빼 든 것이다. 문제는 사건을 일으킨 장소가 쇼군의 성안이었고, 상대가 쇼군의 절대적 총애를 받는 인물이었다는 점이다. 다른 장소, 다른 상대였더라면, 아사노가 할복이라는 극단적 처벌을 받지는 않았을 것이다.

하지만 거물급 인사를, 쇼군의 성안에서 시해하려다 실패한 까닭에, 아코 번의 영주 아사노는 즉일 할복을 명받았다. 할복 명령이 지나치다는 여론도 없지 않았지만, 한 번 내려진 판결을 뒤집을 정도는 아니었다. 후속 조치로 내려진 것은 영지 몰수였고, 결과적으로 아사노의 가신들은 주군을 잃은 채 갈 곳을 잃은 무사로 전락하고 말았다. 아사노의 가신들이 주군의 복수를 갚은 것은 바로 이런 정황 속에서 발생한 일이었다.[26]

사건에 관해 넉 줄 정도의 소개와 함께 연표에서도 역사적 사실로 기재하고 있다. 이와 함께 교과서 본문에서는 취급하지 않고, 연표만을 기록한 경우도 있다.

반면 아코 사건에 관해 연표는 물론, 교과서에서 본문 내용으로 취급하지 않은 교과서들도 많다. 『高等学校 新日本史』(自由書房, 1993), 『要説 日本史』(自由書房, 1993), 『日本史』(三省堂, 1993), 『高校 日本史』(三省堂, 1993), 『日本史』(實教出版株式會社, 1993), 『日本史』(淸水書院, 1993) 등은 아예 아코 사건에 관한 언급이 없다. 이와 같은 사실로 알 수 있는 것은 아코 사건을 고교 교육과정에서 취급하는 입장에 대해 일본 사학계 내부에서도 정착되지 않았다는 점이다.

25) 아사노가 기라를 죽이려 했던 이유에 대해서는 오늘날까지 정확하게 밝혀져 있지 않다. 몇 가지 가능성만 제기되고 있을 뿐이다. 첫째, 기라는 거만한 인간이며, 접대 과정에서 아사노를 무시하고 치욕을 주었다. 둘째, 아사노는 급한 성격이었으며 신경통과 편두통을 앓고 있었다. 셋째, 아사노가 칙사 대접을 위해 돈을 쓰지 않았고, 기라에게도 사례금을 주지 않았다. 넷째, 당시 아코 한과 기라 한 모두 소금 생산을 하고 있었다. 기라는 아코 번의 고급 소금 제조법을 알려달라고 했다가 거절당했고, 기라는 이에 대한 복수로 아사노를 괴롭혔다. 최관, 『주신구라』(민음사, 2001), p.191.

26) 아코 무사들은 기라를 살해하고, 그의 목을 주군 아사노가 잠들어 있는 센가쿠지(泉岳寺)

고등학교용 교과서가 아닌 교양 일본사들에서는 아코 사건을 좀
더 자세히 취급하고 있다. 물론 아코 사건을 바라보는 시각은 일본
문부성 검정의『詳解 日本史』와 마찬가지로, 사건의 저변에 무사도
가 내재하고 있다는 인식하는 쪽이다. 그들의 한결같은 태도는 사건
자체의 옳고 그름에 대한 설명에 집착하기보다는, 무사도를 수호하
기 위해서 아코 사건이 발생했다고 이해하는 쪽에 비중을 두고 있다.

역사적으로 볼 때, 아코 사건은 행위의 정당성을 인정받을 수 없
는 사건이다. 당시 바쿠후로부터 정식으로 불법행위라고 인정받았기
때문이다. 아코 번의 영주였던 아사노가 할복을 한 것이나, 그를 대
신해서 복수극을 펼친 47명의 무사들에게 할복 명령이 내려진 것이
그 예이다.

국서간행회 발행의 고등학교 최신 일본사에는 아코 사건에 대한
몇몇 학자들의 의견만이 개진되었지만, 실제로는 활발한 논의가 전
개되었다. 1701년 3월 아사노의 칼부림에는 할복 명령이 당일에 내
려졌지만, 기라에 대한 습격이 발생해서 47명의 무사들에게 할복 명
령이 내려질 때까지는 약 50여 일 경과되었다. 그만큼 복수극에 대한
판결이 쉽지가 않았던 것이다.

위에 실린 아코 사건과 무사도라는 항목에서 언급된 하야시 노부
야쓰(林信篤)와 아사미 케이사이(浅見絅斎), 그리고 무로 규소(室鳩
巢)는 아코 사건을 긍정적으로 평가한 인물 가운데 일부였다. 사토
나오카타(佐藤直方), 오규 소라이(荻生徂徠), 다자이 슌다이(太宰春
台)와 같은 학자들은 아코 사건의 불법성을 강조한 인물들이었다. 그
들은 기라는 아사노의 원수가 아니고, 습격 사건은 의로운 행동으로
볼 수 없는 범죄 행위라고 성토했다.[27] 이러한 찬반양론 끝에 결국

___

에 바쳤다. 泉秀樹,『忠臣藏百科』(講談社, 1998), p.107.

아코 사건은 불법적 행동이라는 쪽으로 결론이 내려졌고, 그들에게 주군에게와 마찬가지로 할복 명령이 내려진 것이다.

아코 사건에 관해 견해가 나뉜 것은 무사들의 행위의 근간에 있는 무사도가 있었기 때문이었다. 아코 사건은 문민정치를 표방한 도쿠가와 바쿠후의 입장에서 보면, 사회 근간을 무너뜨리는 불법적인 사건이었다. 만약 이러한 사건을 용인한다면, 일본 사회 전체는 복수의 문화가 기승을 부릴 것이 분명했다.[28] 그래서 당시 바쿠후는 이 사건에 관련된 47명[29]의 무사 전원에게 할복을 명했던 것이다.

아코 사건에 대한 바쿠후의 판결은 무사들에 대한 처벌에만 그치지 않았다. 이 사건을 바탕으로 창작된 문학 작품까지도 상연을 금지할 정도였다. 무사들의 할복이 발생한지 보름 이내에, 이 사건을 소재로 한 닌교조루리 작품이 발표되었지만, 바쿠후는 강력하게 상연 금지 처분을 내렸다. 이러한 상황은 근세 초기 한동안 지속되었다.

제2절 무사도(武士道)

무사도는 말 그대로 무사 계급의 확립을 위해 배양[30]되었다. 사전

---

27) 中江克己, 전게서, pp.182-187.

28) 최관, 전게서, p.249.

29) 복수에 참여한 47명 가운데 테라사카 키라에몬(寺坂吉右衛門)은 요시다 주자에몬(吉田 忠左衛門)의 명령을 받아, 동지들의 육친에게 사실의 전말을 전하기 위해서 복수 후에 이탈했다고 전해진다. 따라서 그는 46명의 무사들과 함께 할복을 하지 않고, 에도아사후(江戸麻布)의 소케이지(曹渓寺)에서 살다가, 엔쿄(延享) 4년(1747년)에 향년 83세로 사망했다. 이후 그는 동지들과 함께 센가쿠지에 묻혔다고 전해진다. 그러므로 복수에 가담한 무사는 47명이었지만, 할복을 한 무사는 46명이 된다. 菊地明, 『図解雑学忠臣 藏』(ナツメ社, 2006), p.196.

30) 니토베 이나조(新渡戸稲造)는 무사도란 유럽의 기사도(騎士道)와 마찬가지로 기사도의 기율이라고 정의하고 있다. 新渡戸稲造, 『武士道』(三笠書房, 1997), p.17.

적 개념으로서 무사도는 기사도의 법률[31], 즉 무사로서 마땅히 지켜야 할 도리이지만, 실천적 내용은 광범위하다. 심지어 많은 학자들은 일본의 무사도가 20세기 전후로 서구에서 유입된 제국주의 사상과 결부되어 태평양 전쟁을 야기하는 근간이 되기도 했다고 주장하고 있기도 한다. 그만큼 무사도는 일본인들의 정체성을 확립하는 중요한 근거가 되었던 것이다.[32]

일본 사회에서 최초로 무사들이 등장한 것은 나라(奈良) 시대(710~794)로 볼 수 있다. 그러나『주신구라』에 등장하는 것과 같은 직업적 무사가 등장한 것은 헤이안(平安) 시대(794~1192)이다. 무사의 발생 원인은 토지 문제[33]였다. 귀족들이 수도 교토에서 정치권력을 펼치는 동안, 지방에서는 중앙에서 파견한 지방 관리와 농민들 간의 토지를 사이에 둔 분쟁이 발생했다. 지방 관리들은 토지의 권리를 유지하고, 권력을 수호하기 위해 무사들을 채용했던 것이다.

지방 관리와 무사들의 관계는 이와 같은 계약 관계로부터 시작되었지만, 형식적인 상하 관계에 철학적 개념이 도입되면서 상호관계에는 도리가 확립되게 되었다. 가마쿠라(鎌倉) 시대(1185-1333)부터 무사들에게는 '은혜를 베푼 자에게는 헌신해야 한다'는 무사 윤리가 형성되기 시작했다. '어은(御恩)과 봉공(奉公)', '주군(主君)에 대한 헌신(献身)'이라는 무사도의 핵심적 사상은 무로마치 시대로 이어지면서 경제적 필요에 의한 쌍무적 계약 관계를 벗어나기 시작했다. 무력을 추구하는 센고쿠(戦国) 시대(1467~1568)에는 기존의 질서를 파괴하고, 하극상을 일삼는 사회적 분위기가 팽배해지면서, 주군

---

31) 泉秀樹, 전게서, p.152.
32) 養老盟司, テリー・伊藤,『日本人の正体』(宝島社新書, 2006), pp.168-169.
33) 源了円, 전게서, pp.41-45.

과 무사 사이에는 계약 관계를 뛰어넘는 도의가 형성되었던 것이다.

무사도는 이런 과정을 거쳐 점차 확립되기 시작했다. 주군은 무사에게 어은을 내릴 수 있어야 하며, 무사는 주군에게 아낌없이 헌신해야 했다. 하극상은 물론, 무수한 전란이 발생한 무로마치 시대였으므로, 주군이 누구 밑으로 들어가는 것은 아무 문제가 아니었다. 무사는 오직 자신에게 어은을 베푼 주군이 원하는 바를 충족시켜 주면 될 뿐이었다.

그러므로 무사도는 근본적으로 선과 악에 대한 가치 기준이 없었다. 어제 겨뤘던 적에게도 주군이 고개를 숙이고 섬기게 되면, 무사는 이유를 묻지 않고 그런 상황을 맞아들여야 했다. 누구와도 싸울 수 있고, 누구라도 섬길 수 있었다. 무사의 가치 기준은 오직 자신에게 어은을 베푼 주군일 따름이었다. 싸움이 난무하는 시대로 접어들면서, 무사도는 점차 보편적 가치 판단에서 벗어나는 행동 윤리가 되기 시작했다.[34]

『주신구라』의 배경이 된 근세 시대로 접어들면서, 무사도는 정체성에 갈등을 겪기 시작한다. 근세는 이전 시대와 달리, 도쿠가와 바쿠후가 막강한 권력을 행사하며 평화시대를 만들었기 때문이다. 에도 시대 260년간, 무사들은 존재의 의미를 느낄 수 없게 되었다. 그렇지만 이러한 상황 속에서 무사도는 오히려 철학적으로 깊은 고도의 사상 체계로 발전하게 되었다.

이러한 철학적 배경에는 당시 사회를 지배하던 정치 이념이었던 유교의 영향이 컸다.[35] 무사도는 유학 가운데에서도 주자학의 영향을 가장 많이 받았다. 그리고 그것을 바탕으로 군신관계의 법도를 엄

---

34) 岸祐二, 상동서, p.18.
35) 新渡戸稲造, 전게서, p.25.

격히 만들었다. 헤이안, 가마쿠라, 센고쿠 시대에는 군주와 가신의 관계는 감정적인 결속으로 맺어진 관계였다. 그래서 결속력이 강한 군신 관계에는 깊은 정으로 뭉쳐있었지만, 반대로 약한 결속력을 가진 군신 관계에서는 감정상의 문제가 발생하면 하극상이 발생했다. 에도 시대의 평안은 전국을 통일한 도쿠가와 바쿠후의 강한 통솔력이 바탕이 되어, 애초부터 하극상을 방지하기 위해 군신 관계에 의(義)에 개념을 강조했다. 사회 체제를 유지하기 위한 일종의 방어 기재였던 셈이다.

도쿠가와 바쿠후는 정의라는 의미를 지닌 의의 개념을 '기리'의 개념으로 발전시켰다.[36] 의는 '정의의 도리'를 뜻하는 말이었지만, 무사도가 이념화되어 가면서 '세상 사람 일반이 그 사람에게 이행을 기대함으로 생기는 막연한 의무감'이라는 의미를 지니게 되었다.[37] 이렇게 형성된 기리는 일상생활에도 영향을 끼쳐, 현재 일본 사회에서 기리는 의무적 의미를 포함한 개념이 일반화되기에 이르렀다.

중국에서 시작된 유교는 충과 효를 근본정신으로 하고 있다. 유교의 발원지인 중국과 유학의 영향을 가장 크게 받은 한국에서는 이두 가지 개념 중에서 효를 더 강조하고 있다. 효를 중시한다는 말은 가정의 가치를 국가의 가치보다 앞세운다는 뜻이 된다. 그렇지만 일본에서는 의를 강조하였으므로, 결과적으로 충과 효의 두 개념 가운데에서 충을 강조한 셈이 되었다.[38] 충의 개념은 이미 에도 시대 이전부터 무사들에게 중요한 덕목으로 강조되어 있었던 것이었다.

감정적으로 결속력이 강한 군신관계에서는 이미 정으로 뭉쳐 있

---

36) 新渡戶稻造, 전게서, pp.82-83.
37) 岸祐二, 전게서, p.26.
38) 新渡戶稻造, 전게서, p.111

어서, 때로는 무사들이 죽음으로 주군을 수호해야 하는 상황도 발생했었다. 이런 경우 무사들에게 죽음은 당연히 받아들여야 할 운명이었다.

아코 사건이 발생한 것은 이러한 무사도 때문이었다. 주군의 죽음으로 낭인이 된 무사들은 주군의 복수를 실천하게 되었고, 바쿠후로부터 할복이라는 명예로운 방법으로 죽을 수 있도록 명령을 받은 것이다. 복수에 나선 무사 47인은 모두 '기리'를 통해 '닌죠'를 극복하는 용기를 드러낸 것이다. 무사들의 목표는 체제 전복이나, 권위 회복이 아니었다. 그들은 단지 주군의 복수만을 목표로 했었다. 그러기에 처음부터 그들은 그들이 맞이할 종말을 알고 있었다. 그런데도 그들은 복수를 결행했던 것이다.

제2장 『주신구라』의 특성

제1절 『주신구라』의 문예화

『주신구라』[39]는 발표된 것은 1748년 8월 오사카(大阪) 다케모토

---

39) 아코 사건은 일본에서 겐로쿠 시대에 발생했다는 이유로 겐로쿠 사건이나, 주신구라를 통해 널리 알려졌으므로 주신구라 사건으로도 불린다. 오히려 그 가운데 아코 사건보다는 주신구라 사건이 더 널리 사용되는 편이다. 이러한 상황을 통해서 알 수 있는 것은 일본인들은 역사적 사실인 아코 사건을 문예물인 주신구라와 동일하게 받아들이고 있다는 사실이다.

문예 작품이란 허구라는 일반적 등식을 가지고 이해하자면, 허구적 상황 주신구라가 역사적 사실 아코 사건을 점령한 셈이 되고 만다. 따라서 일반인들은 아코 사건을 주신구라 사건으로 표현하거나, 겐로쿠 사건으로 표현하면, 아코 사건은 충신들의 이야기이며, 겐로쿠 시대에 가장 중요한 사건이라고 자연스럽게 오해하게 되는 것이다. 역사적으로 볼 때, 아코 사건은 사적 복수에 대해서 바쿠후가 처벌한 범죄행위였다. 이러한 행위에 대해서

(竹本) 좌에서였다.[40] 닌교조루리로 초연된 이 작품은 기왕에 발표된 아코 사건 관련 작품들을 총망라해서 예술적 완성도를 극대화했다는 데 의의가 있다.[41] 1703년 2월 에도의 나카무라(中村) 좌에서 아케보노 소가노요우치(曙曾我夜討)가 첫 선을 보인 이후, 이미 46년의 시간 동안 수십 차례의 관련 작품들이 상연된 상황이었다.[42]

아코 사건 관련 작품들이 지녔던 가장 큰 문제는 바쿠후가 사건 관련 공연을 금지했다는 점이다.[43] 따라서 모든 작품들은 사건을 노골적으로 묘사하기보다는 은유적으로 표현하면서 독자들의 상상력을 끌어내야 했다. 『주신구라』가 발표될 당시에도 이러한 상황에는 변함이 없었다. 사건 발생 47년째[44]로 접어들고 있었지만, 아코 사건

충신들의 이야기라는 주신구라 사건으로 표현한다면, 당시의 사회가 처단한 집단행동의 불법성보다, 집단행동의 당위성을 칭찬하는 결과를 초래하고 만다.

아코 사건이 발생한 겐로쿠 시대는 1688~1704년이다. 이 시대는 비교적 세인의 이목을 집중할 만한 사건이 없었던 태평성대의 시기였다. 아코 사건을 겐로쿠 사건으로 표현하는 것도 주신구라 사건으로 표현하는 것과 마찬가지의 결과를 초래한다. 아코 사건을 겐로쿠 시대에 발생한 사건이므로 겐로쿠 사건으로 표현하면, 겐로쿠 시대에는 오직 아코 사건만 발생한 것과 같은 혼돈을 갖게 만든다.

아코 사건을 주신구라 사건이나, 겐로쿠 사건으로 이해하는 것이 특정계층의 의도로 인해 이루어진 일이 아니라면, 이러한 용어의 혼돈과 결과에 대해서도 세심한 연구가 필요하다.

40) 日高昭二, 『近代つくりかえ忠臣藏』(岩波書店, 2002), p.v.

41) 河竹登志夫, 「『忠臣藏』の成立」(歌舞.技, 1979 2月号), p.78.

42) 이처럼 다양한 공연이 지속되었다는 말은 아코 사건에 대한 서민들의 관심이 시간과 공간을 뛰어넘을 만큼 대단했다는 것을 의미한다. 스와 하루오(諏訪春雄)는 아코 무사의 국민적 인기의 비밀을 '약자 편들기'로 설명하고 있다. 여기에서 '약자 편들기'는 단순히 약자에 대한 동정이 아니다. '약자 편들기'의 감정은 원수를 なす(갚다), 복수를 なる(이루다), 자신들은 滅ぶ(소멸하다)라는 3가지 요소를 갖추고 있기 때문이다. 諏訪春雄, 『忠臣藏の深層』(國文學— 解訳と教材の研究, 学灯社, 1986 12月),. p.25.

43) 松島榮一, 전게서, p.132.

44) 『주신구라』는 처음부터 대중의 호기심을 자아내기에 충분했다. 47명의 무사들이 사건을 일으킨 지 47년째 되던 해에 제작되었다는 점, 당시 가나(仮名)의 숫자가 47개라는 점을 착상해서 가나데혼(仮名手本), 즉 가나로 쓰인 글 가운데 모범이 되는 내용이라는 뜻으로 제목을 붙인 것에 이르기까지 다양하게 대중의 관심을 끌 만한 요소들을 마련했다. 작품 속에서도 다이조 부분의 47개의 투구와 같은 상징적 개념들을 삽입해서, 관객들의 흥미를 유도했다.

관련 작품들에 대한 제재는 완강했다. 따라서 『주신구라』들도 기왕의 작품들과 마찬가지로 실제 상황을 짐작할 수 있는 형태로 재창조되었다.

아코 사건은 1703년 에도 바쿠후가 강력한 세력으로 일본을 지배하면서, 대외적으로는 쇄국정책을, 대내적으로는 바쿠한(幕藩) 체제를 취할 때 발생했다. 그렇지만 『주신구라』에서는 시대를 실제 상황보다 4백년 가까이 소급하고 있다. 그래서 『주신구라』의 1단인 다이조(大序)에 나타난 시대는 1338년 2월이다.[45]

등장인물들도 실제 사건에 등장하는 인물들을 기초로 여러 명의 가공인물들이 모습을 드러내고 있다. 그들 중 일부는 여러 인물을 혼합한 경우도 있었지만, 때로는 역사적 사건에 전혀 모습을 보이지 않았던 인물이 창조된 경우도 있다. 에도성 칼부림 사건의 장본인인 아사노, 기라는 각각 엔야 한간 다카사다(塩治判官高定)와 고노 무사시노카미 모로나오(高武蔵守師直)와 같이 실제 모습과 거의 비슷한 형태로 등장하고 있다.

그러나 작품 속에서 엔야가 고노에게 칼부림을 벌일 때, 연애에 빠져 주군이 맞이한 불미스러운 사태에 개입하지 못한 하야노 간페이(早野勘三)와 같은 인물은 실존 인물 가야노 산페이(萱野三平)와 하시모토 헤이에몬(橋本平右衛門)의 이미지를 합한 인물이다. 간페이가 사랑하는 연인이었던 오카루(お軽) 역시 가공의 인물인데, 그녀는 오이시 구라노스케의 애첩인 가루(かる)가 모델이었던 것으로 알려져 있다.

이러한 상황에서 알 수 있듯이 『주신구라』에 등장하는 인물들은 역사적 사실에는 존재하지 않는 인물들이 많이 있다. 이 말은 역사적

---

45) 服部幸雄,「仮名手本忠臣蔵のすべて」,『図説 忠臣蔵』(河出書房新社, 1998), p.69.

사건 이상의 사실이 가공되었다는 뜻도 된다. 실재로『주신구라』에는 역사적 사실과는 전혀 상관이 없는 일들이 등장하기도 한다.[46] 모로나오의 가신 사기사카 반나이(鷺坂伴内)는 전혀 실존하지 않은 인물이므로, 엔야 한간 다카사다의 가신으로 거사의 중심인물인 오보시 유라노스케 요시카네와 관련된 갈등들은 허구인 셈이다.

『주신구라』가 이렇게 많은 가공된 인물, 혹은 허구의 인물들이 등장하면서, 새로운 상황들을 창조하는 것은 순전히 상업적 성공을 위해서였다. 무대상연을 전제로 한 닌교조루리나, 가부키의 대본이었으므로, 이 작품은 처음부터 흥행을 위해서 제작된 것이었다. 47년 동안 수십 편이 넘는 작품들이 선보였다는 주장이 제기되고 있을 정도였기 때문에[47], 이미 대중에게 소재는 익숙한 형편이었다. 따라서 흥행작품으로서 성공하기 위해서는 대중의 호기심과 관심을 끌 수 있는 상업적 요소가 필요했다.[48]

그것이 바로 연애담과 당시 일본 사회의 현실을 반영하는 일이었다. 그래서『주신구라』는 47명의 무사들의 복수극임에도 불구하고, 47명 무사들 전원을 등장시켜 복수에 나서는 상황을 소개하기보다는, 주요 인물들의 갈등을 취급하며 가공의 인물들을 등장시키고 있

---

46)『주신구라』가 비극적 역사인 아코 사건을 원형으로 했음에도 불구하고, 비극이 아닌 영웅담으로 느껴지는 이유가 바로 이러한 작가들의 극적 장치(function) 때문이다.『주신구라』에는 47명 무사들의 죽음은 전혀 언급되어 있지 않지만, 무사들과 관계된 인물들의 죽음이 다양하게 묘사되고 있다. 이러한 장치는 주변 인물들이 갈등 속에 죽음을 겪는 것을 무사들의 극적 갈등으로 오해시키는 여지를 발생시킨다.

47) 河竹登志夫, 전게서, p.78.

48) 선행작들의 영향을 받아, 그것들을 집대성한『주신구라』는 아코 사건을 다룬 작품들 가운데 최고걸작이 되었다. 이 작품의 목적은 순전히 상업적 성공이었다. 그러한 투철한 목표의식을 가지고 제작되었기 때문에, 흥행을 위한 최적의 요소들만이 점검되었다. 그래서 이 작품은 단순한 인기몰이가 아니라, 수백 년에 이르도록 무대예술의 흥행 대작으로 자리 잡게 되었다. 이 작품이 조루리와 가부키 무대의 기사회생의 묘약인 독삼탕(獨參湯)이라고 불리게 된 것은 바로 이러한 이유 때문이었다. 今尾哲也,「荻生徂徠—御側用人柳沢出羽守吉保儒臣」, 西山松之助,『図說 忠臣藏』(河出書房新社, 1998), p.72.

다.[49] 역사적 사실로서 아코 사건은 남성성 넘치는 무용담인데도, 문예 작품『주신구라』는 무대 곳곳에 연애담이 등장하는 로망스처럼 보인다.[50]

엔야의 원한을 받는 고노는 엔야의 아내 가오요 고젠(顔世御前)을 넘보다 비참한 최후를 맞이하게 된다. 엔야의 가신 간페이와 엔야 집안의 하녀 오카루의 사랑도『주신구라』비극을 극대화하는 요소로 작용한다. 엔야 한간의 가신 오보시 유라노스케의 아들 오보시 리키야가 모모노이의 가신 가코가와 혼조 유키구니(加古川本蔵行国)의 딸 고나미와의 애절한 연애담도 빼놓을 수 없다. 무기 조달을 맡은 아마가와야 기헤이(天河屋義平)가 비밀을 지키기 위해 아내 오소노와 이혼하는 상황들도 실제로는 없는 사건이었다. 그 외에도 주군의 복수를 다짐하는 유라노스케가 유곽에서 방황하는 듯한 모습을 보이다가, 복수의 소문이 퍼질까 두려워 유곽에 팔려와 있던 오카루를 제거하기 위해 거짓으로 청혼하려는 모습 등도 역사적 사실에는 없지만, 흥행의 성공을 목적으로 창조된 허구들이다. 이러한 장치들이 『주신구라』를 한 번 보고 끝내버릴 복수극이 아니라, 애절한 사랑을 포기한 인물들의 로망스로 느껴지게 하는 것이다.

『주신구라』에는 경제 문제가 크게 대두된 당시의 사회적 현실을

---

49) 가토 히데토시(加藤秀俊)는 기리와 아이조(愛情)의 갈등으로 죽음을 선택하는 인물로 간페이를 들고 있다. 그 이외에도 가코가와 혼조도 갈등의 희생자로 설명한다. 그렇지만 정작 이 두 인물은 실제 인물을 가공한 가상의 인물들일 뿐이다.『주신구라』는 바로 이렇게 역사적 사건을 가공해서, 사실과는 전혀 상관없는 갈등들을 창조한 문예작품이다. 加藤秀俊,「忠臣藏における葛藤解決」,『忠臣藏の深層』(國文學ー 解訳と教材の研究, 学灯社, 1986 12月), p.33.

50) 핫토리 유키오(服部幸雄)는『주신구라』가 흥행의 성공을 위해 忠義, 色, 金을 중요한 모티브로 잡고 있다고 말한다. 그러기에 복수극인 이 작품은 복수를 전면에 내세우면서도, 당시의 세태와 인정을 묘사한 시대극과 같은 느낌이 든다. 服部幸雄,「『仮名手本忠臣藏』のすべて」, 西山松之助, 전게서, pp.71-74.

반영하는 요소들이 많이 등장한다. 이것 역시『주신구라』를 단순한 복수극에 그치지 않고, 근세 사회 전체를 조망할 수 있는 시대극으로 만든 중요한 요소이다. 등장인물들은 대화나, 행동을 통해서, 경제 문제, 즉 돈에 대한 인간적 본성이 여실하게 드러나고 있다. 물욕이 지나친 모로나오와 이로 인해 운명이 바뀌는 모모노이와 엔야, 그리고 그 사이에 끼어서 복수와 관계없이 비극을 맞는 모모노이의 가신 혼조가 대표적인 인물이다. 돈에 눈이 멀어 아버지와 주군까지 버리고 도둑이 된 사다쿠로와 그로 인해 억울한 죽음을 당하는 요이치베와 간페이도 있다.

경제 문제는 18세기 일본 사회를 이끌어가는 원동력이라고 말할 수 있었다. 상공업의 발달로 부를 획득한 조닌(町人)의 등장으로 일본은 비약적으로 서민사회가 발전하고 있었고, 재화 획득은 누구나 추구하는 목표가 되었다.[51] 이러한 사회적 분위기를 반영한『주신구라』는 대중의 관심을 받는 것이 당연한 일이었다.

물론 이런 내용들이 전부『주신구라』만의 독창적인 것들이라는 말은 아니다.[52]『주신구라』는 1703년의 아코 사건 관련 첫 문예작품인『아케보노 소가노요우치』이후 발표된 1706년 오사카(大阪) 다케모토(竹本)좌 지카마쓰 몬자에몬(近松門左衛門)의『고반타이헤이키(碁盤太平記)』[53], 1710년 아즈마 산파치(吾妻三八)의『오니카게무사시아부미(鬼鹿毛武蔵鐙)』, 1713년 기온 가이온(紀海音)의『오니카게무사시아부미(鬼鹿毛武蔵鐙)』, 1732년 나미키 소스케(並木宗輔), 오가와 분조(小川丈助), 야스다 아분(安田踁文)의 합작『주신코가네노

---

51) 中江克己, 전게서, pp.55-59.
52) 上村以和於,『仮名手本忠臣蔵』(慶応義塾大学出版会, 2005), p.4.
53) 菊地明, 전게서, p.236.

단자쿠(忠臣金短冊)』, 1747년 나미키 분조(並木丈助)의 『오야카즈 욘주나나혼(大矢数四十七本)』 등의 작품들에서 선보인 종합적으로 연구해서, 가장 극적인 효과를 올릴 수 있는 방법을 선택한 것[54]이었다. 그러므로 『주신구라』는 다케다 이즈모, 미요시 쇼라쿠, 나미키 소스케의 독자적 문예작품이라고 하기보다는, 다양한 작품을 통해서 이미 아코 사건에 익숙해져 있는 대중이 자신들의 여망을 모아, 작가들로 하여금 그런 작품을 집필하게 만들었다고 하는 것이 옳은 해석이다.

제2절 『주신구라』의 구조

『주신구라』는 11개의 단으로 구성되어 있다. 11개의 단의 의미는 많은 갈등을 가지고 있는 복합 구성의 작품이라는 의미이다. 아코 사건 관련 문예작품의 효시라고 할 수 있는 『아케보노소카요우치(曙曾我夜討)』[55]가 복수에만 치중한 단일 구성이었다는 점을 감안[56]하면, 이 작품이 얼마나 많은 사건들을 포함하고 있는지 짐작할 수 있다. 주군에 대한 복수만을 내용으로 담았던 것이 점차 무사들의 갈등, 부모와 자식 간의 정, 남녀의 연애담, 서로 다른 주군을 섬기는 가신들

---

54) 河竹登志夫, 전게논문. p.78.

55) 겐로쿠(元祿) 16년(1703) 2월 4일 아코 무사들의 할복 직후 16일, 에도의 야마무라 좌에서 만든 연극이다. 최초의 아코 사건을 소재로 한 작품으로, 바쿠후에 의해서 3일 만에 공연중지가 되었다.

56) 『아케보노소가요우치』도 실제 내용은 아코 사건과는 관련이 없다. 다만 아들 형제가 아버지의 원수를 갚아 복수하고, 죽음을 맞이했다는 점이 아코 사건과 유사한 부분이다. 아케보노 소가노요우치는 12세기 중후반 실재했던 소가(曾我) 형제가 아버지의 원수를 갚고 죽음을 맞이한 사건을 극화한 것이다. 이 극이 바쿠후의 제재를 받아 상연금지된 것은 사건의 핵심적 내용인 복수와 죽음이라는 점이 아코 사건을 연상시킬 수 있다는 점 때문이었다.

의 반목 등이 추가되면서,『주신구라』는 대하극의 풍모를 갖추게 되었다.

역사적 사실인 아코 사건의 기본적 골격은 아사노 다쿠미노카미와 기라 고즈케노스케의 갈등, 아사노의 칼부림과 할복, 무사들의 결의와 복수 달성으로 요약할 수 있다.

하지만 아코 사건을 소재로 한『주신구라』는 이러한 단순한 구조가 아니다. 복수에 나선 무사들과 직접적으로 관련이 없는 허구의 인물들이 창조되어 갈등을 야기한다.『주신구라』가 복수극보다, 세태극처럼 보이는 것은 바로 이러한 이유 때문이다.

『주신구라』는 사건이 시간의 흐름에 따라 전개되는 추보적 형태를 취하고 있다. 에도의 칼부림 사건이 1701년 3월 14일에 발생했고, 이에 따른 복수극이 1702년 12월 14일에 일어났지만,『주신구라』는 이보다 앞선 칼부림 사건의 발단 과정부터 소개하고 있다.

다이조(大序)라고 불리는 제1단「쓰루가오카에서(鶴ヶ岡)」대목이 바로 그것이다. 여기에서는 사건을 야기하는 다양한 갈등들이 표출되고 있다. 갈등의 제공자는 가마쿠라(鎌倉)의 집사였던 고노 무사시노카미 모로나오(高師直)이다. 그는 실존 인물 기라 고즈케노스케 요시나카(吉良上野介義央)를 상징하고 있다.

이 단에서 주목할 점은 아코 사건의 바탕이 되는 역사적 사실을 설명하고 있다는 점이다. 실제로 칼부림을 일으켜 할복을 하는 엔야 한간 다카사다(塩冶判官高定)와 그를 화나게 한 고노, 이 두 사람의 대립은 극의 흥미를 돋운다. 작가들은 기라에 대해서 편파적인 태도를 취하고 있다. 관객이나, 독자로 하여금 죽어도 좋을 만큼 나쁜 사람으로 그리고 있기 때문이다.

극의 시간적 배경은 실제 사건보다 4백년 가까이 소급된 1338년 2

월이다. 아코 사건을 직접적으로 표현하기 어려웠던 당시의 사회적 분위기가 반영된 것이다. 공간적 배경은 쓰루가오카 하치만(鶴ヶ岡 八幡) 궁이다. 아코 사건이 에도 성에서 발생한 것과 비교해 볼 때, 그다지 차이가 없다. 『주신구라』가 궁을 배경으로 갈등 상황이 빚어지는 것은 무사들이 닌죠를 이기고 기리를 발휘할 상황을 만들어야 했기 때문이다.

궁이 완공되자, 쇼군(将軍) 다카우지(足利尊氏)를 대리해서 그의 동생 아시카가 다다요시(直義)가 도착했다. 그를 맞이하기 위해 나온 관리들은 고노 무사시노카미 모로나오와 모모노이 와카사노스케 야스치카, 하쿠슈의 영주 엔야였다. 역사적으로 이 상황은 교토 조정의 칙사를 영접한 사건을 문학화 한 것이며, 다음에 등장하는 사건의 발단은 완전한 허구의 세계이다.

쓰루가오카 하치만 궁을 찾은 다다요시는 자신의 형인 쇼군 다카우지에게 멸망당한 닛타 요시사다가 고다이고 천황에게 하사받아 착용했던 투구를 새로 지은 궁에 봉헌하려고 한다. 그런데 천황에게 하사받은 투구까지 도합 47개의 투구가 함께 있어서 쉽게 찾을 수가 없었다. 닛타 요시사다와 함께 죽은 무사들이 착용했던 투구들과 섞여 있었기 때문이다. 그래서 결국 투구 감정을 위해 천황이 투구를 하사했을 무렵, 병기를 관장하는 관청의 궁녀였던 엔야의 아내 가오요 고젠(顏世御前)을 부르게 된다. 『주신구라』는 가오요를 갈등을 가져오는 원인 제공자로 표현하고 있다.

가오요는 자신의 기억을 더듬어 투구를 찾게 되지만, 이때 가오요의 미모를 처음 접한 고노는 그녀에게 매혹된다. 그래서 그녀의 남편 엔야 한간 다카사다 몰래 가오요에게 수작을 부린다. 자신의 위세를 상기시키며, 남의 아내를 비열하게 협박하는 고노에게 가오요는 남

편의 안위를 걱정하며 조심스럽게 거절을 한다. 하지만 가오요의 마음은 편치만은 않다.57)

이런 모습을 지켜보던 모모노이는 고노의 태도가 예의에 어긋난 행동임을 느끼고, 가오요에게 자리를 피할 수 있게 도와준다. 자신을 무시하는 태도에 분노를 느낀 고노는 불쾌감을 느끼고, 모모노이는 칼을 휘둘러 복수할 생각을 한다. 다이조 부분은 이렇게 실제 사건에서 갈등을 갖는 고노와 엔야 한간 대신, 엔야 한간의 아내 가오요를 사이에 두고 고노와 모모노이가 갈등을 갖는 양식을 보여주고 있다.

다이조에서는 등장인물이 대전에 출두하는 장면을 제외하면, 나머지 상황들은 전부 가상의 세계이다. 가오요의 등장이나, 가오요를 사이에 둔 엔야와 모로나오의 대립은 모로나오를 악인으로 만들기 위해 설정한 장면이다.58)

2단의 공간적 배경은 고노와 갈등을 갖게 된 모모노이의 저택이다. 가코가와 혼조 유키쿠니의 모델은 가지카와 요소베 요리테루(梶川与惣頼照)였다. 그로 인해 아사노의 칼부림은 실패로 돌아갔고, 결국 할복 명령을 받기에 이른다.『주신구라』의 작가들은 가지카와 요소베 요리테루에 대한 거부감을 가지고 있었던 듯싶다. 그래서 실제

---

57) 스와 하루오(諏訪春雄)는『주신구라』의 허구성을 인정했다. 그는『주신구라』가 사실을 증폭하는 허구를 통해 극적 완성을 이루었다고 말한다. 즉,『주신구라』는 개인적 원한을 가진 인간이 복수를 하려다 실패한 사건에 대해서 가신들이 복수에 나선 것을, 여자를 사이에 둔 두 남자의 갈등으로 허구화시켜, 선악으로 나뉜 두 집단이 대결을 통해 선이 악을 제압하는 형태의 극을 만든 것이라는 뜻이다. 諏訪春雄, 전게논문, p.28.

58) 모로나오를 악인으로 설정하고, 엔야가 모로나오의 계교로 인해 사건에 휘말린다는 발상은 멜로적 사고이다. 멜로는 작중 인물이 맞이하는 고통과 불운이 악인의 계교로 발생하는 것이기 때문이다.
그렇지만『주신구라』의 소재가 된 아코 사건은 비극이다. 아사노가 기라에 대한 개인적 원한을 급한 성질을 제어하지 못해 발생한 것이다. 아사노의 급한 성질은 비극을 초래하는 아사노의 '비극적 결함'이 된다. 서구의 비극 이론에서 '비극적 결함'은 주인공이 맞이하는 비극의 원인을 일컫는 문학용어이다.

로는 비극적 상황을 맞이하지 않았던 가지카와 요소베 요리테루를 상징하는 혼조를 비극적인 인물로 그려내고 있다. 2단은 혼조의 가문이 맞이할 비극적 결말을 암시하는 대목이다. 평화로운 혼조의 집안은 3단에서 저지를 혼조의 비극적 결함으로 결국 아사노의 집안과 마찬가지로 멸문이 되고 만다.

2단의 상황은 하인들의 입을 빌려, 고노와 모모노이의 문제가 거론되는 것으로 시작된다. 이 이야기는 모모노이의 가신인 가코가와 혼조 유키구니의 딸인 고나미(小浪)를 통해, 그녀의 어머니 도나세(戶無瀬)와 아버지 혼조에게 차례로 전해진다. 혼조는 상황을 파악하고, 더 이상 이야기가 퍼지지 않도록 아내와 딸의 입을 막는다.

이때, 엔야 한간의 가신인 오보시 유라노스케의 아들 오보시 리키야(大星力弥)가 방문을 한다. 오보시 리키야는 고나미와 어려서 정혼을 한 관계[59]였는데, 마침 다음 날 간레이 다다요시 공의 거처에 새벽 4시에 등청을 해야 한다는 소식을 알려주기 위한 소식을 전하기 위해서 찾아온 것이었다. 다이조에서 언급된 것처럼, 모로나오와 모모노이, 엔야 한간은 다다요시를 영접하기 위해 쓰루가오카 하치만 궁에서 준비한 대신들이었다. 넋을 놓고 자신을 바라보는 고나미를 뒤로 하고, 약속을 확인한 리키야는 돌아간다.

리키야를 보내고 나서, 혼조는 자신의 주군 모모노이를 만난다. 새벽 등청을 알려주는 혼조에게, 주군은 모로나오에 대한 복수의 마음을 알려준다. 혼조는 만약 그러한 상황이 발생하면, 주군은 물론 가문 전체의 위기가 될 것을 예감한다. 그래서 주군과는 소나무 가지를

---

59) 혼조의 딸 고나미와 유라노스케의 아들 리키야의 정혼은 혼조가 맞이할 비극적 요소로 작용한다. 혼조는 마지막에 고나미와 리키야의 결혼을 위해 자신은 죽음을 선택한다. 혼조의 죽음은 주군 모모노이를 위해 계략을 쓴 행위와 함께, 엔야 한간의 칼부림을 저지한 것이 옳지 않음은 물론, 이에 대한 속죄의 의미도 담고 있다.

꺾어서 동의를 표하고, 위기를 극복할 방법을 찾기 위해 아내와 딸에게는 비밀을 지켜줄 것을 다짐받고, 가신들과 함께 집을 나선다.

3단의 공간적 배경은 쓰루가오카 하지만 궁이다. 이 부분 역시 역사적 사실과는 관련이 없는 허구의 세계이다.[60] 작가들은 3단에서 엔야 한간이 맞이하는 비극을 모모노이가 맞이할 수 있었다는 가능성을 갖게 만든다. 물론 모모노이는 비극의 주인공이 되지는 않는다. 가신 혼조 때문이다. 모모노이가 복수 직전의 단계까지 가게 만든 것은 고노의 불량성을 강조하기 위한 설정이다.

모모노이는 고노에게 복수할 계획을 갖고 있다. 그러나 모모노이의 복수 계획을 모르는 혼조는, 모로나오의 가신 사기사카 반나이와 이야기를 나누고 있다. 반나이는 모모노이는 물론 하쿠슈의 번주 엔야까지 비난하며 자신의 주군 모로나오를 극찬한다.

이때 주군의 복수 계획을 안 혼조는 주군보다 먼저 궁에 도착해서 주군의 복수의 대상이 된 모로나오를 만난다. 갑작스러운 혼조의 방문을 받은 모로나오는 혹시 모모노이가 복수를 하기 위해 그의 가신을 보낸 것이 아닌지 염려하며 싸울 작정으로 혼조를 맞이한다. 혼조는 모로나오를 만나 아직 여러 모로 미숙한 처신을 하는 주군 모모노이를 대신해서 왔노라고 알려준다. 그리고 주군 모모노이가 모로나오에게 자신을 잘 돌봐주는 것에 감사하고 있다는 뜻을 전한다. 이와 함께, 마치 주군이 보낸 것처럼 피륙 30필, 황금 30매를, 그리고

---

60) 여기에 등장하는 사건들 역시 전체적으로 허구이다. 이 상황은 『주신구라』의 극적 효과를 높이기 위해서 창조되었다. 가지카와 요소베는 아사노가 기라를 죽이려 했을 때, 팔을 붙들어 저지했을 뿐만 아니라, 바쿠후의 처벌이 결정 될 때까지 그를 붙들고 놓지 않았다. 가지카와 요소베는 나중에 아사노가 할복을 하게 되자, 후회하는 발언을 했다고 한다. 아사노와 47명의 무사들 입장에서 작품을 쓴 작가들은 가지카와 요소베의 맹목적 충직성에 강한 저항감을 가지고, 그가 비극적인 최후를 맞는 설정을 했던 것 같다. 작가들은 그래서 가지카와 요소베를 상징하는 혼조를 잔꾀 많은 비겁한 인물로 그려내고 있다. 3단에서 그려지는 혼조의 비극적 결함은 그의 집안의 몰락이라는 비극적 결말을 초래한다.

혼조 자신이 마음에서 우러나와 바치는 것처럼 황금 20매를, 가신 대표 반가시라와 가신들이 모아서 보낸 것처럼 속인 황금 20매를 모로나오에게 선물한다. 혼조의 선물을 받아든 모로나오는 기분이 좋아졌고, 그를 향한 원망은 사라지게 된다.

복수의 칼을 갈고 찾아온 모모노이는 모로나오를 기다리고 있었다. 하지만 모로나오는 이미 혼조의 선물에 마음이 너그러워져 있었다. 그래서 모모노이를 만나자마자, 오히려 그의 마음을 위로하고, 자신의 잘못을 가신 반나이와 함께 사죄하며 풀어준다. 자신도 모르는 사이에 가신 혼조의 계략으로 모로나오와 화해가 되어버린 모모노이는 복수할 명분이 없어져버린 것이다. 이 모습을 보고 있는 혼조는 안심을 하며, 옆방으로 들어가 대기한다.

쓰루가오카 하지만 궁에는 새롭게 엔야 한간이 등장한다. 그는 젊은 가신 하야노 간페이만을 대동하고 입성한다. 새벽 4시가 지나 등청한 엔야 한간은 그의 아내 가오요의 글을 전한다. 가오요는 자신에게 치근덕거리는 모로나오를 적당히 따돌리기 위해, '내 옷소매가 아닌 남의 옷소매는 포개어 자지 마라'는 신코킨와카슈(新古今和歌集)에 실려 있는 노래 한 곡을 적어서 모로나오에게 전해주도록, 엔야 한간의 손에 쥐어준 것이었다.

주군 엔야 한간을 홀로 남겨두고 자리를 비운 간페이는 오카루를 만나기 위해 정원으로 간다. 오카루는 모로나오의 가신 반나이의 희롱을 받고 있다가, 주군이 찾자 오카루를 남겨놓고 떠난다. 이때 오카루를 만나기 위해 찾은 간페이가 나타난다. 그리고 두 사람은 사랑을 나누기 위해 임시 대기소로 사라진다.

가오요의 편지 내용에 기분이 상한 모로나오는 엔야 한간에게 '우물 안의 붕어'라고 놀리며 시비를 건다. 그러자 무사로서 명예를 짓

밟는 모로나오의 언사에 분을 참지 못한 엔야 한간은 칼을 꺼내 모로나오를 내리친다. 하지만 큰 부상을 입히지 못한 채, 주변 사람들의 제지로 실랑이는 마무리된다.

오카루와 사랑을 나누고 있던 하야노 간페이(早野勘三)는 뒤늦게 사건 소식을 접하고 성안으로 들어가려 한다. 하지만 이미 성문을 닫혀 있었다. 그리고 성문 안에서 사건의 결과를 전해 듣게 된다. 한간은 폐문을 당하게 되었고, 그물이 쳐진 죄인용 탈 것에 실려 갔다는 것이다. 어찌할 수 없게 된 간페이는 오카루를 만나서 사태를 설명하고, 주군을 봉양하지 못한 자신의 불충에 대해서 이야기한다. 그리고 오카루의 의견을 받아들여, 먼저 이곳을 피하고 나중에 가신 중의 우두머리인 가로 오보시 유라노스케(大星由良助)가 올 때를 기다려, 자신의 잘못을 사죄하기로 한다.

바로 그때, 자신의 주군이 불의의 공격을 받아 독이 오른 사기사카 반나이가 부하들을 이끌고 간페이를 찾아온다. 간페이는 이들과 대결을 벌이지만, 붙들리게 된다. 반나이는 간페이를 죽이려 한다. 이 모습을 보고 있던 간페이의 아내 오카루를 제발 간페이를 죽여서는 안 된다고 사정을 하고, 이 틈에 간페이는 자리를 피하게 된다.

앞서 언급했던 것처럼, 간페이는 실재 인물이 아닌 가공의 인물이다.[61] 이 인물이 주군의 죽음에 대한 책임을 느끼게 되었다는 사실을 극으로 나타낸 것은 아코 번의 무사들과 주군의 죽음을 연관 짓기 위한 장치이다. 단지 주군과의 의리를 앞세워서 무사들을 복수에 이르게 하고, 할복을 맞이하게 한다는 것은 현실적으로 쉽지 않는 상황이라는 것을 작가들은 잘 알고 있었다. 따라서 주군을 수호해야 할

---

61) 하야노 간페이는 가야노 산페이(萱野三平)과 하시모토 헤이에몬(橋本平右衛門)을 조합해서 만든 인물이다. 최관 『주신구라』 p.221

무사들이 자신의 역할을 제대로 수행하지 못했다는 심적 부담감과 책임감을 갖게 만들어 자연스럽게 복수의 마음을 갖게 만드는 것이다. 이러한 상황에서 허구의 인물이 창조된 것이다.

거사에 가담했던 47명의 무사들 가운데 일부를 갈등의 구조로 개입시키지 않은 이유는 크게 두 가지로 추론할 수 있다. 첫째는 현실 속에서 영웅화된 무사들의 위상에 역사적 허위 사실을 개입시켜 폄하하지 않으려 하는 의도성, 둘째, 허구의 인물들이 비극적 최후를 맞아 죽음에 이르는 극적 강조를 위해서이다. 만약 간페이의 역할을 47인의 무사 가운데 한 명에게 담당시키면, 주군의 죽음과 직접적 관련이 없는데도 복수에 나서 죽음에 이르게 되는 무사들의 명예에 흠이 가는 것이기 때문이다.

4단은 쓰루가오카 하치만 궁에서 칼부림 사건을 벌인 엔야 한간의 오기가야쓰(扇ヶ谷)의 저택에서 시작된다.[62] 1단을 제외하고 3단까지의 상황이 허구적 사실이라면, 4단의 상황은 실제 있었던 상황을 각색했다고 할 수 있다. 4단의 목표는 엔야 한간의 죽음이 억울하다는 점을 강조하는 데 있다. 죽지 않았어야 하는데, 죽을 수밖에 없는 엔야 한간에 대한 동정심을 갖게 만드는 것이다. 이러한 동정심은 모로나오에 대한 복수를 정당화하는 도구가 된다. 엔야 한간의 집에는 가신들 외에는 출입을 할 수 없도록 큰 대나무 두 개가 엇갈리게 박혀서 폐문을 알리고 있었다. 엔야 한간의 아내 가오요 곁에서 오보시

---

62) 『주신구라』에서 아코 사건에서 실재했던 사실은 다이조 부분과 4단의 엔야의 할복, 아코 번의 무사들의 토의, 7단의 유라노스케의 유곽 생활, 11단의 복수 정도이다. 이러한 사실들도 어느 정도 가공을 거쳐, 실재의 모습과는 다른 허구의 세계로 재창조되어 있다. 그 이외의 사건들과 갈등들은 거의 다 작가들이 상업적 성공을 위해서 꾸며낸 이야기들이다. 스와 하루오(取訪春雄)는 허구가 사건을 증폭시킨다고 말하고 있다. 그는 『주신구라』가 허구를 창조하는 과정 속에 일본인들이 좋아하는 극적 요소를 갖추고 있다고 주장한다. 取訪春雄 전게논문 p.27.

리키야가 시중을 들고 있다. 이들 곁으로 사무라이 대장인 하라 고에 몬(原郷右衛門)과 가신 오노 구다유(斧九太夫)가 들어온다. 구다유는 모로나오에게 돈을 써서 사태를 무마하자고 이야기한다. 이에 격노 한 고에몬은 남에게 굽신거리는 것은 사무라이가 아니라며 비난한 다. 그러자 옆에서 듣고 있던 엔야 한간의 아내 가오요는 자신을 향 한 모로나오의 흑심이 사태를 조장했다며, 시를 고쳐달라는 핑계로 남녀의 부정을 훈계하는 '신코킨와카슈'의 노래를 적어서 보내준 사 실을 말한다. 이와 같이 모로나오를 치졸한 파렴치한으로 그려내는 것은 작가들의 의도성이라고 볼 수 있다.

그때 바쿠후로부터 파견된 사자들이 들이닥친다. 이시도 우마노죠 와 모로나오(右堂右馬之丞)와 야쿠시지 지로자에몬(薬師寺次郎左衛 門)이었다. 그들은 한간에게 고노에게 칼부림을 하고 상처를 입힌 한 간에게 영지를 몰수하고, 할복을 명한다는 서찰을 전한다. 한간은 이 미 할복할 때 입는 흰 예복을 걸치고, 그 위에 긴 하오리를 걸치고 있었다. 할복할 준비를 했던 것이다. 엔야 한간은 할복을 앞두고, 자 신의 칼을 붙들고 막은 모모노이의 가신 가코가와 혼조로 인해 복수 가 실현되지 못했음을 아쉬워한다. 그리고 사자들에게 자신의 가신 오보시 유라노스케가 당도할 때까지 할복을 늦추어 달라고 한다.

사자들이 재촉을 하자, 엔야 한간은 할복을 시작한다. 그때 유라노 스케[63]가 다른 가신들과 들이닥친다. 엔야 한간은 안심한 표정으로, 할복을 마친 칼을 유라노스케에게 넘긴다. 칼을 건네받은 유라노스 케는 복수를 다짐한다.

---

63) 핫토리 유키오(服部幸雄)는 『주신구라』의 주인공이 유라노스케라고 주장한다. 실제로 『주 신구라』는 47명 무사 전체의 복수극이라기보다는, 엔야 한간의 가로이면서 복수의 주모자 로 나서는 유라노스케 개인의 복수극처럼 그려지고 있는 부분이 없지 않다. 服部幸雄, 「『仮 名手本忠臣藏』のすべて」, 西山松之助, 전게서, p.69.

엔야 한간의 할복이 끝나자, 사자 야쿠시지는 한간의 아내 가오요와 가신들에게 집을 비우라고 한다. 남편의 죽음을 마주하고 아내 가오요는 통곡한다. 가신 유라노스케는 아들 리키야를 들러 들여, 망군의 유체를 선조의 위패를 모셔둔 고묘지(光明寺)로 운반할 것을 명한다.

유라노스케는 다다요시가 보낸 무사들과 싸울 것을 다짐하는 무사들과 함께, 주군이 남긴 할복한 단도를 꺼내 보면서, 원수 모로나오의 목을 베어 원한을 풀자고 다짐한다. 4단까지의 과정은 갈등의 원인이 발생하고, 복수를 결정하기까지의 일련의 과정이 소개된다.

5단은 엔야 한간의 가문이 폐문되고 난 다음, 가신으로 일했던 간페이의 모습을 그리고 있다. 5단부터 마지막 11단까지는 실제 아코 사건과는 관련이 없는 허구의 세계이다. 아코 사건에 대한 오해는『주신구라』에 소개된 허구의 세계가 빚어낸 것이다.[64]

간페이의 갈등은 5단에서 시작되어 6단에서 할복으로 끝이 난다. 허구의 인물인 간페이는 주군의 죽음에 적지 않은 부채를 지고 있다. 그는 자신의 역할을 제대로 수행하지 못했고, 이로 인해 결국 주군은 죽음을 당했고, 가문은 멸문되었다. 작가들은 처음부터 간페이를 복수에 참여하지 않는 가상의 인물로 만들었다. 이는 그가 맞이할 최후가 바로 자신의 결함에서 비롯되었다는 것을 입증하는 것이다.[65]

간페이는 사냥꾼이 되어서 야마자키(山崎) 근처에서 쓸쓸히 살고

---

64) 역사적 사실로서 아코 사건은 47명의 무사가 복수를 하는 것이다. 하지만 문예 작품으로서 『주신구라』는 복수와 관련이 없는 사람들의 갈등이 중심내용이다. 이러한 갈등은 11단에서 무사들이 복수를 완수하기 이전에 전부 해소된다.

65) 인과응보적 사고일 뿐만 아니라, 주군의 복수는 의로운 자만이 참가할 수 있는 것이라는 사실을 일깨워 준다. 인과응보적 사고는 비극 이론의 기본이 된다. 비극은 비극적 인물의 판단 착오에서 비롯되기 때문이다. 다만 실재 사건에서도 한명의 무사가 도주하여 46명이 되는 것에 착안하여, 간페이를 그 비어 있는 자리에 채워주는 형식상의 이량을 베풀어 준다.

있다. 어느 날, 간페이는 작은 제등을 들고 오는 나그네를 만난다. 그는 주군의 할복 이후 다다요시의 무사들과 항전을 펼치자고 주장했던 센자키 야고로(千崎弥五郎)였다. 간페이는 자신의 실수로 주군이 죽음을 당했다는 자괴감에 무사로서 운명이 끝난 자신의 처지를 토로한다. 그러자 야고로는 주군의 복수를 갚을 것을 맹세한 가신들의 계획을 주군의 비석을 세울 계획으로 바꿔서 넌지시 알려준다. 그러자 간페이는 기뻐하며, 자신의 아내인 오카루의 아버지 요이치베가 좋은 사람이며, 조금이나마 가지고 있는 전답을 뜻깊은 일에 바칠 수 있을 것이라고 이야기한다.

상황은 바뀌어서, 간페이의 장인 요이치베가 등장한다. 비가 오는 길을 걷고 있는데, 뒤에서 그를 부르는 사람이 있다. 역시 엔야 한간의 가신이었던 오노 구다유의 아들 사다쿠로(定九郎)였다. 그는 엔야 가문의 폐문과 함께 무사로서의 삶을 포기하고, 한밤중에 야마자키에서 강도짓을 하고 있었다. 사다쿠로는 요이치베의 품속에 든 돈뭉치를 알고 쫓아온 것이었다. 그 돈은 사위 간페이를 다시 무사로 되돌려주고 싶어서, 자신의 딸 오카루를 유곽에 파는 대신 받은 대가였다. 딸까지 유곽에 팔아넘기면서도 사위를 무사로 되돌리고 싶다는 요이치베의 간절한 갈구에도 아랑곳하지 않고, 도둑이 된 사다쿠로는 칼로 요이치베를 베고 만다. 그리고 금화 50냥을 챙겨서 자리를 뜬다.

그때 갑자기 멧돼지 한 마리가 사다쿠로에게 달려든다. 사다쿠로는 몸을 날려 피하는데, 뒤에서 사다쿠로의 등골을 뚫고 두 개의 총알이 갈빗대를 지나간다. 사다쿠로는 멧돼지를 잡으려던 사냥꾼 간페이의 총에 맞아 죽은 것이다.[66] 간페이는 자신이 죽인 것이 멧돼

---

66) 사다쿠로의 죽음은 비극인 아코 사건을 멜로로 오해시키는 요소가 된다. 사다쿠로가 맞이

지가 아니라, 사람이라는 사실에 놀란다. 그러나 이내 죽은 사람의 가슴 속에서 40, 50냥 되는 돈주머니가 들어 있는 것을 보고, 즐거워한다.

6단의 공간적 배경은 간페이의 장인 요이치베의 집이다. 간페이와 관련된 갈등이 계속되는 단이다. 간페이가 허구의 인물이므로, 간페이의 아내는 물론, 장인과 장모 역시 허구의 인물이다. 그리고 그들이 만들어 내는 세계 또한 허구의 세계이다. 이들은 각기 자기 나름대로의 비극을 맞이한다.

6단의 시작은 간페이의 아내 오카루가 아침이 되도록 돌아오지 않는 남편을 기다리면서 몸단장을 하는 장면이다. 아름다운 그녀는 남편을 위해 유곽에 팔려갈 처지이지만, 오히려 늙은 부모를 걱정하고 있다.

그때 기온의 유곽인 이치몬지야의 주인이 방문한다. 그녀는 아직까지 오카루의 아버지 요이치베가 돌아오지 않은 것이 궁금하다고 하며, 오카루와 맺은 5년간의 계약금 황금 100냥 가운데 50냥을 지난 밤 10시경에 먼저 건넸다고 말한다. 그녀는 나머지 50냥을 주기 위해 찾아온 것이었다. 그녀는 요이치베가 오기 전에는 유곽으로 떠날 수 없다는 오카루를 거칠게 가마 속으로 밀어 넣는다.

오카루의 남편 간페이가 들어온 것은 그때였다. 상황을 모르는 간페이는 그때서야 비로소 아내 오카루가 장인 요이치베의 의도로 인해 유곽으로 팔려가게 된 것을 알게 된다. 간페이는 장인의 배려에 감사하면서도, 장인이 돌아오기 전까지 아내 오카루를 유곽에 보낼 수 없다고 한다. 그러자 이치몬지야(一文字屋)의 주인으로부터 자신

하는 최후는 주군의 복수에 가담하지 않는 이기적인 태도 때문에 발생한 것은 아니었다. 오히려 우연적 측면이 강하다. 비극은 반드시 자기가 맞이할 비극의 원인을 스스로 제공하는 '비극적 결함'을 내포하고 있어야 한다.

이 입고 있는 줄무늬 옷과 똑같은 천으로 만든 주머니에 황금 50냥을 담아 장인에게 건넸다는 이야기를 듣게 된다.

놀란 가운데 품에서 꺼내본 주머니가 장인의 주머니와 똑같은 것을 깨달은 간페이는 자신이 죽인 사람이 장인이었다고 생각한다. 그리고 아내 오카루에게 사실을 이야기하지 못한 채, 결국 유곽 주인의 가마에 실려 보내게 된다. 그때 하야치, 로쿠, 가쿠베라는 세 명의 사냥꾼이 장인 요이치베의 시신을 문짝에 싣고 들어온다. 장모는 통곡을 하다가, 너무나도 냉정한 사위의 모습에 의문을 품는다. 그리고 주머니에 피가 묻은 사위의 주머니를 들먹이면서, 간페이에게 장인을 죽인 것이 아니냐고 묻는다. 장인을 죽인 것이 자신의 실수라고 생각하는 간페이는 천벌의 두려움을 가슴속에 새기고 있었다.

이때 두 명의 무사가 간페이를 찾는다. 그들은 엔야 한간의 가신 하라 고에몬과 센자키 야고로였다. 그들은 간페이가 영주님의 비석 값을 지원할 수 있을 것이라고 전에 한 말을 듣고 찾아온 것이었다. 사태를 듣고 있던 장모는 간페이가 장인을 죽였음을 확신한다. 돈을 얻기 위해 장인을 죽였다는 생각에 장모는 비난을 하고, 간페이는 더 이상 참을 수 없게 되자 작은 칼을 꺼내 할복을 한다. 피를 흘리는 간페이는 동료 무사들에게 자신의 과오를 고백한다. 총으로 멧돼지를 쏘려다가 사람을 죽였는데, 알고 보니 장인이었다는 말이었다.

그러자 무사 야고로가 간페이의 장인 요이치베의 시신을 끌어당겨본다. 몸에 남은 것은 총알 자국이 아니라, 칼자국이었다. 야고로와 고에몬은 간페이를 만나기 위해 오는 길에 본, 총에 맞은 나그네의 시체에 관한 이야기를 한다. 총에 맞은 것은 욕심쟁이 아버지 오노 구다유도 정나미가 떨어져 부자의 연을 끊어버린 아들 오노 사다쿠로였다. 간페이는 장인을 죽인 것이 아니라, 오히려 장인의 원수를 죽인 것이었다. 장모는 물론, 고에몬과 야고로 모두 간페이의 성급한 할복을 아쉬워한다.

그러자 고에몬과 야고로는 할복의 고통 중에 있는 간페이에게 어차피 46명의 무사들이 주군을 위한 복수를 결행할 것이니, 연판장에 서명을 하라고 말한다. 아내를 팔아서 거사비용을 마련하는 간페이의 충정은 거사에 참여한 것이나 마찬가지였기 때문이다. 간페이는 피 묻은 손을 종이 위에 눌러 찍는다. 간페이는 뒤늦게 후회하는 장모와 안타깝게 자신을 바라보는 두 명의 무사들 앞에서 숨을 거둔다.

6단에서 작가들이 그려내는 간페이의 모습은 자기 관리에 철저하지 못한 인간이다. 실제 사건에는 등장하지 않는 인물이지만, 작가들은 3단에서 엔야 한간이 죽음에 이르는 과정을 극적으로 묘사했다. 엔야 한간은 자신을 제지하거나 협조해줄 어떤 가신의 도움도 없는 가운데 우발적으로 칼부림을 부렸다. 허구적 인물이었지만 간페이는 주군을 제대로 보필하지 못한 범죄를 저질렀던 것이다. 주군을 봉공을 제대로 하지 못한 간페이는 자신 역시 상황을 정확히 파악하지 못해서 억울한 죽음을 맞이한다.

7단은 기온의 유곽에서 시작 된다.[67] 핵심적 인물은 복수의 주체인 유라노스케이다. 그는 4단에서 주군 엔야 한간의 할복 장면에 참여한 이후 이 단에서야 비로소 모습을 드러낸다.

유라노스케도 주군 엔야 한간의 죽음에 적잖은 부채를 지고 있는 인물이다. 주군이 칼부림을 일으킬 만한 상황이 될 때까지 심기를 살

---

67) 야마모토 다카시(山本卓)는 『주신구라(仮名手本忠臣蔵)』의 하이라이트가 7단 이치리키(一力) 차실에 있다고 말한다. 그는 유라노스케의 방탕, 구다유의 정탐, 구다유와 오카루의 편지 훔쳐보기, 오카루 오빠 헤이에몬의 오카루 죽일 결심 등 여러 가지 중요한 장면들로 이루어져 있기 때문이라고 주장한다. 실제로 7단은 극적 효과는 물론, 한 장의 편지를 세 사람이 함께 읽는 등의 장치적 기능까지 마련된 독특한 단임에 틀림없다. 山本卓, 「義士伝実録と『絵本忠臣蔵』」(『文学』, 岩波書店, 2002 3卷), p.31.

피지 못했고, 주군을 호위할 다른 가신들을 배치하지도 않았다. 뿐만 아니라, 주군의 할복 뒤에 자신의 책임 방기에 대한 자책감도 보이지 않는다. 이러한 태도는 작가들이 유라노스케에 대한 애정이라고 말할 수 있다.

그럼에도 불구하고, 작가들은 유라노스케의 모델이었던 오이시 구라노스케 요시타카(大石内蔵助良雄)가 복수를 완결해낸 것에 높은 점수를 주었던 것이다. 아코 사건은 47명의 무사들이 벌인 복수극이었지만, 실제로는 오이시 구라노스케가 주군의 복수를 대행한 것이라고 해도 과언이 아니다. 모든 복수가 그의 준비와 계략에 따라 이루어졌기 때문이다. 그런 까닭에 유라노스케는 작품 속에서 오류가 없는 이상적인 무사의 모습으로 그려지게 된 것이다.[68]

7단에서 작가들은 유라노스케를 복수만을 위해 살아가는 사람으로 묘사하고 있다. 이 단에서 유라노스케는 모로나오의 가신들로부터 복수의 의지를 시험 당하게 된다. 유라노스케는 복수의 의지를 전혀 갖고 있지 않는 사람처럼 행동한다.

유라노스케의 의지를 시험하기 위해 나타나는 인물은 자신과 함께 엔야 한간의 가신으로 일했던 오노 구다유였다. 그는 가문이 폐문당한 이후에 모로나오의 수하에 들어간다. 그는 엔야 한간의 가로였던 오보시 유라노스케를 찾아, 모로나오의 가신 사기사카 반나이와 함께 기온의 유곽을 찾아간다. 유라노스케가 복수의 칼을 갈고 있는지를 살피기 위한 것이었다. 유곽 주인은 유라노스케가 주색잡기에

---

68) 오이시 구라노스케 요시타카는 근대에 들어와서, 무사도를 상징하는 영웅적 인물로 부각된다. 근대 시대인 다이쇼(大正) 9년에는 『尋常小学国史』에 「오이시 요시타카(大石良雄)」라는 항목을 독립시켜서 소개했을 정도였다. 그 외에도 오이시 구라노스케만을 중심으로 한 문예작품이나 소설들도 여러 편 등장했다. 아코 복수극은 오이시 구라노스케를 중심으로 한 복수극임을 입증하는 예이다. 松島榮一, 전게서, p.222.

빠져 미치광이가 되었다고 말한다. 그리고 유라노스케의 아들 리키야 역시 아버지와 마찬가지로 주색에 빠져 있다고 알려준다.

구다유는 야자마 주타로, 센자키 야고로, 다케모리 기타하치(喜多八) 등 예전에 엔야 한간 밑에서 무사 생활을 하던 사람들까지 데리고 와서 진정한 유라노스케의 속마음을 떠보려고 한다. 그럴 때 마침 예전에 엔야 한간의 무사들 시중을 들던 이시가루 데라오카 헤이에몬이 나타나서, 유라노스케에게 주군의 복수에 자신도 참여하고 싶다는 이야기를 한다. 그러나 유라노스케는 헤이에몬의 말을 가로막으며, 결코 속을 보이지 않고, 취한 척 연기를 한다.

오노 구다유가 보낸 사람들이 물러가고, 술에 취해 세상모르게 자고 있는 유라노스케에게 아들 리키야가 찾아온다. 리키야는 엔야 한간의 아내 가오요의 서찰을 가지고 왔다. 엔야 한간의 부하들의 복수가 무서워서 잠시 몸을 피했던 고노 모로나오가 영지로 돌아간다는 전언이었다. 유라노스케는 아들 리키야에게 야마시나로 되돌아가라고 명한다.

그러자 구다유가 유라노스케 앞에 나타난다. 그리고 직접적으로 방탕하게 살아가는 유라노스케의 본심이 복수를 숨기기 위한 계략이 아닌가 묻는다. 유라노스케는 구다유를 안심시키며 술을 마신다. 마침 그날은 주군 엔야의 기일 전날인 체야였다. 유라노스케는 몸가짐을 조심해야 하는 그날에, 문어를 입에 넣으며 술을 마시는 유라노스케를 찬찬히 살핀다. 유라노스케는 닭을 잡아서 냄비볶음이라도 하자면, 구다유를 여자들이 있는 방으로 끌어들이려 한다. 구다유는 자리를 빠져나와 모로나오의 가신 반나이와 이야기를 나눈다. 두 사람은 빨갛게 녹슨 칼과 그마저도 유곽에 놓아두고 가버린 유라노스케의 정신 상태를 보고, 복수는 없을 것이라며 안심을 한다.

    2층 창가에서 간페이의 아내 오카루가 술을 깨기 위해 나왔고, 1층에는 칼을 두고 온 연기를 펼쳤던 유라노스케가 나타난다. 유라노스케는 구다유가 가버렸다는 말을 혼자 하면서, 사방을 둘러본다. 그리고 유라노스케는 오카루를 확인하지 못한 채, 엔야 한간의 아내 가오요가 보낸 편지를 읽기 시작한다. 그런데 그때 구다유는 툇마루 밑에서 달빛에 의지해서 유라노스케에게 보낸 가오요의 편지를 읽고 있었다. 편지 한 장을 두고, 유라노스케와 구다유, 오카루가 함께 읽고 있었던 것이다.

    그때 마침 유라노스케가 편지를 읽는 머리 위로 오카루의 헐거워진 머리 사이에 끼어 있던 비녀가 툭 떨어진다. 유라노스케는 '앗' 하는 비명과 함께 오카루의 존재를 확인한다. 그는 오카루가 편지 내용을 알고 있는지 궁금했다. 그래서 아홉 단짜리 사다리로 2층에서 1층으로 내려오라고 한다. 그리고 슬쩍 농을 붙이다가, 편지 내용에 관해서 아는지 물어본다. 정확한 대답을 않는 오카루에게 유라노스케는 죽일 결심을 한다. 거사가 들통나서는 안 될 것이기 때문이었다. 그래서 오카루에게 자신이 대신 몸값을 치러주고 빼내줄 터이니, 사흘간만 자신과 함께 지내자고 말한다. 오카루는 그것도 모른 채 좋아하기만 한다.

    유라노스케는 떠나가고 오카루는 혼자 생각에 잠겨 있다. 그때 나타난 사람은 오카루의 오빠 헤이에몬이었다. 헤이에몬은 오카루에게 남편과 주군을 위해서 유곽에 몸을 판 것이 잘한 일이었다고 칭찬해준다. 그러자 오카루는 유라노스케가 자신을 유곽에서 빼내주겠다고 한 약속을 이야기한다. 헤이에몬은 유라노스케가 오카루와 간페이의 부부 관계를 아는지 물어본다. 오카루가 모른다고 말하자 헤이에몬은 자신에게 복수의 의사를 밝히지 않았던 유라노스케가 난봉꾼이었다고 단정한다. 오카루는 자신이 본 편지 이야기를 하면서 유라노스케가 반드시 복수를 할 것이라고 말한다.

여동생 오카루에게 이야기를 들은 헤이에몬은 상황 판단을 한다. 그리고 그것을 오카루에게 전해준다. 남편 간페이는 장인 요이치베를 죽였다고 착각을 해서 할복을 했다는 사실과 유라노스케는 편지 내용을 알고 있는 오카루를 유곽에서 빼내 죽일 생각을 하고 있다는 것이었다. 그리고 그 말과 함께 헤이에몬은 오카루를 죽이려 한다.

바로 그때 숨어서 이 모든 이야기를 듣고 있던 유라노스케가 나타나서, 헤이에몬을 가로막아 오카루를 죽이지 못하게 한다. 그리고 헤이에몬에게 진심을 알았으니 복수에 참여하라고 명한다. 또한 다타미 아래에 숨어 있는 구다유를 헤이에몬에게 끌어내도록 해서, 천천히 죽이도록 명한다. 사방이 난자당한 구다유는 거의 절명상태가 된다. 유라노스케는 헤이에몬에게 구다유를 술에 취한 것처럼 속여서 객사로 데려가라고 한다. 그러자 구다유를 따라와서 객사에 숨어서 엿듣고 있던 엔야 한간의 전 무사들인 야자마, 센자키, 다케모리 세 사람이 나타나서 사죄를 한다.

8단은 엔야 한간의 가로 오보시 유라노스케의 아들 리키야를 찾아가는 약혼녀 고나미가 어머니 도나세와 함께 교토 야마시나로 찾아가는 여정이 그려진다.[69] 두 사람은 다른 누군가의 혼례 행렬을 본다. 엔야 한간의 칼부림 사건만 없었다면, 고나미도 리키야와 그런 결혼을 했을 것이다. 아쉬움을 갖고 두 사람은 리키야의 집을 찾아간다.

---

69) 2장과 3장에서 비롯된 혼조의 비극적 결함이 낳은 비극적 결말이다. 혼조와 고나미, 도나세 일가는 이미 원수의 마음으로 변한 오보시 유라노스케와 리키야를 찾아가 혼인을 성사시키려는 집착을 갖는다. 혼조는 이기적인 인간이다. 계략을 써서 자신의 주군을 구해내고, 대신 원한을 받아 복수를 이루려다 실패한 엔야 한간의 가로 오보시를 찾아가서 혼사를 맺으려 하기 때문이다. 다른 이의 심리나, 상황은 아랑곳 않고 자신의 욕심만을 채우려는 혼조가 맞이할 수 있는 것은 오로지 죽음뿐이다.

9단은 엔야 한간의 가로 오보시 유라노스케가 쓸쓸한 거처를 마련한 교토의 야마시나에서 시작된다. 유곽에서 잔뜩 술에 취해 돌아오는 유라노스케는 유곽 종업원들의 부축을 받으며 집으로 돌아오다가 장난기로 눈덩이를 만든다. 하지만 눈은 제대로 굴려지지 않고 체면만 구긴다.

집에 돌아오자 유라노스케의 아내 오이시(お石)가 차를 내온다. 그러자 아들 리키야가 오동나무 베개를 가져온다. 부모 자식이 생김새는 달라도 기리는 같다는 뜻을 지니고 있다. 복수를 함께하겠다는 다짐을 보여주는 것이다. 유라노스케는 아들 리키야에게 자신이 눈을 굴려 눈덩이를 만든 이유를 묻는다. 리키야는 눈은 약한 바람에 흩어지는 가벼운 것이지만, 뭉쳐서 둥글게 해놓으면 산의 눈보라 속 바위에도 두지지 않는 큰 돌처럼 단단한 뜻이라고 말한다. 리키야는 아버지와 이야기를 나누고 눈덩이를 구려 뒤쪽문 안으로 들어간다.

유라노스케의 집에 약혼녀 고나미와 어머니 도나세가 찾아온다. 도나세는 고나미와 리키야의 결혼을 올리자고 말한다. 그러자 유라노스케의 아내인 오이시는 고나미의 아버지 혼조가 모로나오에게 금을 가지고 알랑거리고 무사의 봉록을 받고 있다고 무시한다. 그리고 오이시는 자리를 뜬다. 기분이 상한 도나세는 고나미에게 결혼은 없었던 일로 하자고 불쾌감을 표시한다.

하지만 고나미는 일편단심 사랑을 이루려고 한다. 그러자 도나세는 칼을 꺼내서, 자결을 하려 한다. 자신이 계모이기 때문에 고나미의 결혼에 실패한 것처럼 보일까 염려되기 때문에, 자결로서 결백을 보이고 싶다는 뜻을 나타낸 것이다. 고나미는 자신도 함께 죽음을 택하겠다고 말한다.

문밖에서는 이런 상황과 아랑곳없이 허무승이 피리를 불고 있다가 집안으로 들어온다. 도나세는 딸 고나미를 죽이려고 하는데 그때 오이시가 나타나서 결혼을 허락한다고 말한다. 대신 결혼상에는 아버지 혼조의 머리를 올려달라고 한다. 이유는 주군 엔야 한간이 모로나오에게 복수를 할 때, 한간이 말려서 원한을 갚지 못하고 할복을 하게 되어 멸문이 되었기 때문이라는 것이었다.

세 사람의 이야기를 잠자코 듣고 있던 허무승이 삿갓을 벗어버리자, 혼조의 모습이 나타난다. 혼조는 이렇게 상황이 될 것을 예측하고, 따라왔다고 말한다. 그리고 유라노스케의 아내 오이시에게 결투를 청한다. 혼조는 성급하다고 말리는 아내 도나세와 딸 고나미를 물리치고, 오이시에게 칼을 휘두른다. 그리고 창을 들도 달려드는 오이시를 깔아 뭉갠다.

그때 뒷문 쪽으로 나갔던 오이시와 유라노스케의 아들 리키야가 뛰어 들어와서, 어머니의 창으로 혼조의 오른쪽 늑골을 왼쪽까지 관통하도록 찌른다. 혼조는 거의 죽어가게 되는데, 때를 맞춰 유라노스케가 나타나서 혼조를 비웃는다. 혼조에게 사위 리키야의 손에 죽게 되어서 만족하냐고 묻는 것이었다.

그러자 혼조는 엔야 한간에게 일어난 모로나오에 대한 칼부림은, 그보다 먼저 자신의 주군 모노노이에게 닥칠 뻔한 일이었음을 알려준다. 그러나 자신이 주군 몰래 돈을 써서 모로나오의 마음을 돌려서 두 사람 사이에 대결이 일어나지 않았고, 대신 엔야 한간이 모로나오에게 복수극을 펼치는 상황이 왔다고 말했다. 그리고 이런 상황을 초래한 자신으로 인해, 자신의 딸과 유라노스케의 아들 리키야가 결혼을 하지 못하게 될 줄은 몰랐다고 이야기한다.

상황을 듣게 된 유라노스케는 죽어가는 혼조에게 안뜰 쪽의 장지문을 열어 눈을 뭉쳐 만든 오륜탑 두 개를 보여준다. 그것은 유라노스케가 아들 리키야와 갈 길을 상징하는 것이었다. 유라노스케의 아내도 남편의 죽음을 맞이한 혼조의 아내 도나세에게 매몰차게 대한 것을 사과한다. 혼조는 죽어가면서, 자신의 딸이 리키야의 아내가 되는 것이 자랑스럽다는 말과 함께, 사위 리키야에게 모로나오 집안의 지도를 건네준다. 그리고 세세한 작전에 대해서도 알려준다. 유라노스케는 안에서만 열리는 덧문을 여는 방법으로 정원의 대나무를 사용하겠다는 말을 한다.

유라노스케는 리키야에게 사카이에 있는 아마가와야 기헤이에게 거사에 필요한 짐을 준비하도록 지시한다. 그리고 시아버지로서 며느리에게 이별의 선물로 노래를 불러주겠다며 고나미에게 피리 연주를 해준다. 혼조는 죽어가고, 오이시는 떠나는 혼조의 허무승 복장으로 변장한 남편에게 숙원을 이루도록 기원한다. 혼조가 죽어가는 동안 유라노스케는 차마 떠나지 못하고 혼조를 떠나보내는 피리 연주를 한다. 리키야와 고나미는 하룻밤의 연을 맺는다.

10단은 유라노스케의 부탁을 받고 거사에 필요한 준비물을 마련하는 아마가와야 기헤이라는 상인의 이야기로 시작된다. 아마가와야 기헤이는 오사카의 상인 아마노야 리효에(天野屋利兵衛), 혹은 교토의 상인 니시키야 젠에몬(錦屋善右衛門)을 가공한 인물이다. 『주신구라』에서 기헤이는 47명의 무사들과 직접적인 관계가 없으면서도, 의로운 복수를 완수하는데 개인을 희생하는 충의를 보여준다. '기리와 닌죠의 갈등'은 바로 기헤이의 결단에서 확연하게 나타난다. 그는 47명의 무사들이 완수할 복수를 위해, 자신의 아내와 이혼까지 감행하는 철저한 닌죠를 희생하는 기리를 선보인다. 『주신구라』의 복수는 바로 이러한 복수와 관련된 주변인들의 철저한 닌죠 희생을 통해 완성된다.

10단의 시작은 기헤이의 등장으로 이루어진다. 그는 무거운 짐 일곱 개를 스스로 포장해서, 큰 배의 선장에게 넘기고 있다. 그의 집에는 네 살짜리 아들 요시마쓰가 열아홉 살짜리 이고라는 점원의 도움을 받아 놓고 있다. 하지만 아이는 이내 노는 것에 지쳐서 어머니를 찾는다.

그때 문밖에 사무라이 두 사람이 찾아온다. 그들은 고에몬과 리키야였다. 거사를 위해 주문한 물건을 확인하기 위해서였다. 기헤이는 그들에게 물건의 출처까지 교묘하게 속여서 구했다는 말을 전한다.

무사들이 돌아가고 문을 닫으려 할 때, 장인 오타 료치쿠가 나타난다. 료치쿠는 자신의 딸 오소노에게 이혼장을 써달라고 한다. 기헤이는 거사를 준비하는 동안 말이 새어나가는 것을 막기 위해 아내를 친정으로 돌려보내 놓은 상황이었다. 그런데 장인 료치쿠가 그 사이를 못 참고 사위를 만나러 온 것이었다. 기헤이는 거사의 완수를 위해 거침없이 이혼장을 장인 료치쿠에게 써준다. 장인 료치쿠는 욕을 해대며 돌아간다.

밤 10시쯤 기헤이의 집에 큰 배의 선장이라는 사람이 찾아온다. 문을 열어주자, 포졸 2명이 집으로 들어선다. 그들은 기헤이에게 유라노스케의 부탁을 받아 무기와 마구를 사서 조달하고, 큰 배로 가마쿠라로 운반하고 있다는 정보를 듣고 왔다는 말을 한다. 그렇지만 기헤이는 결코 흔들리지 않는다. 심지어 포졸들이 자신의 아들 요시마쓰를 죽이려고 위협을 해도 당당한 태도를 지키며 비밀을 말하지 않는다.

바로 그때 나무 상자 속에서 오보시 유라노스케가 나타난다. 그리고 기헤이의 충성심에 대해서 감사하며, 비밀 확인을 위해 시험을 한 것을 사과한다. 기헤이는 오히려 그들을 위로하며 거사가 성공하기를 기원한다. 기헤이는 거사를 앞둔 유라노스케에게 술을 권한다.

기헤이의 집에는 친정으로 갔던 아내 오소노가 밤늦게 찾아온다. 아들 요시마쓰를 돌보는 점원 이고를 시켜 문을 열게 한다. 오소노는 이고에게 갑자기 이혼을 당한 자신의 신세를 한탄하며 남편이 지금 자고 있는지를 묻는다. 이고는 조금 전에 벌어졌던 고양이가 쥐라도 잡았는지 '잡았다, 잡았다'고 외치던 많은 사람들과 느닷없이 술판을 벌이고 있다고 이야기한다.

그때 방에서 기헤이가 점원 이고를 찾아 심부름이나 하라고 부른다. 기헤이의 아내 오소노(おその)는 남편을 발견하고 매달린다. 오소노는 자기 몰래 친정 아버지가 기헤이로부터 받아온 이혼장을 훔쳐서 달려온 것이었다. 기헤이는 장인 료치쿠가 원래 구다유의 녹을 받았던 사람이므로 뱃속을 알 수 없으므로, 자세한 이야기를 해 줄 수 없다고 말한다. 그리고 친정으로 보내기 전에, 병든 사람처럼 행동하며, 편하게 하지 말고, 빗질도 하지 말라고 한 것을 왜 잊어버렸는지 다그친다. 기헤이는 아내에게 결코 거사와 관련된 일에 관해서는 말하지 않는다.

아내 오소노는 아들 요시마쓰를 한 번이라도 보고 떠나고 싶다고 한다. 그러나 기헤이는 냉정하게 돌려보낸다. 집 밖으로 나간 오소노에게 눈만 내놓은 덩치가 큰 남자가 길을 가로막고 붙잡아 정성들여 치장한 예쁜 머리를 뿌리째 싹둑 자른다. 그리고 오소노의 가슴에 있는 서찰까지 빼앗아 달아난다. 억울한 일을 당한 오소노가 통곡을 하자, 기헤이가 나타나지만 '이것은 사나이의 정신이 흐트러지는 시초가 된다'고 이를 악물고 망설인다.

바로 그때 기헤이 앞에 유라노스케가 나타난다. 그는 함께 있던 무사 야자마와 오와시에게 기헤이를 위해 준비한 전별의 선물을 주라고 명한다. 기헤이는 자신을 조닌이라고 업신여기고 돈으로 사람을 굴복시키려는 것이냐고 따져 묻는다. 그리고 유라노스케가 전해 준 선물을 집어던진다. 던져진 꾸러미 속에서는 오소노의 빗과 비녀, 잘라진 머리, 이혼장이 나온다.

고개를 갸웃거리던 기헤이는 그때서야 상황을 이해한다. 유라노스케는 자신들의 숙원이 달성되는 데 백일이 걸리지 않을 것이라는 사실을 알려주며, 복수가 끝난 다음에 아내 오소노의 머리카락이 자라면 잘린 머리카락을 이어서 새롭게 결혼식을 한 번 다시 하라고 말한다. 기헤이는 아내 오소노에게 예를 올리라고 한다. 유라노스케는 기헤이의 충의에 감탄하며, 거사의 작전을 기헤이의 이름을 따서 아마가와야로 한다고 말한다.

10단은 기헤이를 중심으로 한 이야기가 완결된다. 그는 9단까지 등장하지 않았던 새로운 인물이다. 그는 직접적으로 엔야 한간의 할복과 관련이 없다. 그럼에도 불구하고 이혼을 감행할 정도로 치열하게 복수의 대열에 참여한다. 그는 무사도 아니었고, 무사가 주군에게 지켜야 할 '기리'를 가진 것도 아니다. '기리'는 원칙적으로 '어은'을 입은 무사들이 주군에게 바쳐야 할 덕목이었다. 사건에 직접적으로 간여한 무사가 아닌 허구의 인물을 창조하다 보니, 주군과 무사들 사이에 존재하는 '기리'가 아닌 상황이 발생한 셈이다.

11단은 복수가 완결되는 단이다. 5단부터 10단까지가 허구의 세계라면, 11단은 역사적 사실에 바탕을 둔 내용이다. 물론 그렇다고 11단 내용 전체가 역사적 사실과 일치한다는 것은 아니다.

11단은 엔야 한간 다카사다의 가신 오보시 유라노스케가 무사 마흔여섯 명과 함께 가마쿠라 서남에 있는 벼랑 쪽 암벽에 배를 대는 것으로 시작한다.[70] 하지만 이런 상황을 모르는 고노 모로나오는 방심한 채 주연을 열고 있었다. 유라노스케와 무사들은 담을 넘어 야습을 펼친다. 그들은 두세 명 경상을 입고, 셀 수 없을 정도로 많은 적을 부상을 입힌다. 그리고 땔나무 창고에서 주군의 원수 모로나오를 찾아낸다. 유라노스케는 주군의 원수에게 복수를 하게 된 사정을 설명하고, 목을 내달라고 말한다. 모로나오의 반항이 있었지만, 무사들은 그 자리에서 칼로 모로나오의 목을 떨어뜨린다.

유라노스케와 무사들은 주군의 무덤으로 간다. 그리고 고인이 된 주군의 위패를 꺼내들고, 울면서 절을 하고 분향을 한다. 모로나오를 생포한 야자마에 이어서, 거사 전에 장인을 죽인 것으로 착각하고 할복을 한 하야노 간페이가 두 번째로 분향의 순서였다. 간페이 대신 그의 매제인 헤이에몬이 분향을 했다.

그때 사방에서 진군의 북소리가 나고 모로나오 일족의 무사들이 공격을 해온다. 유라노스케는 최후의 일전을 펼친다. 유라노스케는 정문에 모라나오의 동생 모로야스를 막아낼 것을 독려한다. 그리고 자신들 일동이 그 자리에서 할복을 한다면, 적을 무서워했다고 비난받을 것이라고 말한다.

마지막 말을 마친 모로나오의 가신 유라노스케 앞에 야쿠시지와 사기사가 반나이가 좌우에서 덤벼든다. 그러나 리키야가 즉각 공격을 받아 교전하다가, 엇베기로 야쿠시지를 죽이고, 사기사카 반나이의 다리를 잘라서 죽인다.

복수 장면을 끝으로, 『주신구라』는 대단원의 막을 내린다. 복수극으로만 본다면, 복수가 완결되었으므로 이 작품은 해피엔딩이라고 말할 수 있다. 그러나 복수의 완결 이후에도 상황은 계속 진행되었

---

70) 『주신구라』의 마지막 장인 11단은 실제 역사적 사실을 바탕으로 하고 있다. 무사들은 이 과정에서 17명을 살해했다. 이후 그들은 기라의 목을 들고 주군이 묻혀있는 센가쿠지(泉岳寺)에 찾아간다. 이 장면은 『주신구라』 마지막 대목과 같다.

다. 복수를 완수한 무사들은 바쿠후에 의해서 전원 할복 명령을 받았고, 할복을 한 것이다.

『주신구라』는 복수에만 초점을 맞춘 작품이다. 복수의 완결은 이루었지만, 복수에 참가한 무사들이 맞이한 비참한 최후는 취급하지 않았다. 무사들은 당시 바쿠후로부터 무사도에 바탕을 둔 행위의 의도는 무사도로 인정하지만, 불법행위라는 판단을 받았다. 행위의 정당성을 인정받지 못한 무사들의 복수는 지금과 마찬가지로 범죄행위라는 판결이었다. 역사적 사실은 해피엔딩이라기보다는 새드엔딩이다.

비극은 인생의 슬픔과 비참함을 제재로 하고 주인공의 파멸, 패배, 죽음 따위의 불행한 결말을 갖는 극 형식을 뜻한다. 서구에서는 이러한 비극의 중요한 요소로 작중 주동인물이 저지르는 '비극적 결함'을 꼽고 있다. 즉, 모든 비극의 원인이 타인의 계략이나 음모에서 비롯되는 것이 아니라, 주인공 스스로의 오류에서 비롯된다는 것이다.

역사적 사실인 아코 사건이 비극임에도 불구하고, 『주신구라』는 비극임을 쉽게 알 수 없는 구조로 이루어져 있다. 작가들이 비극적 요소를 제거하면서, 복수의 완수에만 치중했기 때문이다. 따라서 이 작품은 아코 사건을 기준으로 비극성에 초점을 두고 취급되어야 한다.

제3장 『주신구라』의 비극성

『주신구라』는 아코 사건을 원형으로 하고 있지만, 복수 자체에만 초점을 맞추고 있지 않다. 역사적 사실로서 아코 사건은 주군을 잃은 무사들의 집단 복수극이지만, 문학작품으로서『주신구라』는 주군을 잃은 무사들이 복수를 실현하는 과정을 상술하고 있다. 뿐만 아니라 복수극에 직접 관여하지 않은 무수한 허구의 인물들을 창조해서 그 인물들이 만들어내는 갈등과 사건들로 전체 극을 이끌어 간다. 따라서 비극적 결말이 확연한 아코 사건과 달리『주신구라』는 관객이나, 독자가 쉽게 비극임을 판별하기 어렵다.

이러한 사실은 기왕에 이루어진『주신구라』에 대한 연구에서도 확인할 수 있다. 동시대의 다른 문학작품들보다 현격하게 적은 연구가 이루어진『주신구라』는, 대부분의 연구 역시 성립과 내용 전개에 관한 연구가 주류를 이룬다. 일본 현지에서도『주신구라』를 비극으로 취급한 논문이나, 학술서는 거의 찾을 수 없다.

이러한 이유는 폭력을 포함한 집단 복수극이라는 일반적 선입견이 중요한 원인이 될 수 있다. 1945년 태평양 전쟁의 패배로 일본이 미군정의 통치를 받을 때, 미군정이『주신구라』의 상연을 공식적으로 금지한 것이 이러한 사실을 반영한다. 미군정은 주군에 대한 충성을 수행하기 위해 집단으로 복수극을 펼치는 무사도를 작품의 핵심으로 삼는『주신구라』가 제국주의를 수용해서, 세계 점령의 야욕을 전개한 일본인들의 의식적 일체감에 지대한 영향을 끼쳤다고 분석했던 것이다.

이러한 사실은 일본 사회 내부에서도 마찬가지였다. 아코 사건이 발생하고, 보름도 되기 전에 이 사건을 소재로 삼은 작품이 첫 선을 보였을 때, 당시 일본의 권력기관이었던 바쿠후는 이 작품의 상연을 금지하였다. 1703년 2월 에도의 나카무라 좌에서 아케보노소카요우치(曙僧我夜討)가 아코 사건을 직접적으로 묘사하지는 않았음에도, 바쿠후는 이 극의 상연을 금지한 것이다.71) 사회 질서의 근간이 흔들릴 수 있고, 더 나아가 바쿠후 정권 자체가 흔들릴 수 있는 위험성이 있었기 때문이었다.

그럼에도 불구하고 지난 300년 동안 변화와 발전을 통해, 아코 사건 관련 작품들이 『주신구라』 작품군으로 자리를 잡아가면서 지속적인 생명력을 보인 것은 등장인물들이 영웅적 행위의 매력 때문이었다. 주인공이 판단착오에 의해 발생한 비극적 현실에 대항하는 모습은 영웅적으로 보일 수 있다. 물론 관객이나, 독자들은 이러한 주인공의 판단착오가 비극적 결함이 되고, 그가 맞이하는 비극적 상황은 바로 비극적 결함으로 인해 비롯된다는 것을 알고 있다. 아코 사건과 『주신구라』의 무사들은 모두 선악에 고정된 인물들이 아니었다. 그들이 역사적 사건에 휘말리게 되는 것은 무사도라는 이상적 도덕관 때문이었다. 무사도를 완수하기 위해, 그들은 가족과 헤어진다는 불안과 죽음을 두려워하는 마음인 닌죠를 억누르고, 주군의 복수에 참여하는 기리를 발휘하게 된다. 그리고 자신들 마음속에 생긴, 주군의 원수에 대한 피할 수 없는 복수의 운명을 완수하며, 전원 할복이라는 고통과 불행을 맞이한다. 복잡한 『주신구라』의 갈등구조와 사건들을 간단하게 정리하면, 『주신구라』는 비극이라는 결론에 도달하게 되는 것이다.

그런데 그럼에도 불구하고, 『주신구라』에 대한 연구는 작품의 성립과 발전 쪽에만 치우쳐 있다. 아코 사건 관련 작품들이 『주신구라』 작품군72)으로 자리를 잡아온 지난 300여 년 동안, 일본의 연구자들

---

71) 이 극의 상연될 당시 서민층에서는 아코 사건을 일으킨 무사들에 대한 동정론과 찬양론이 존재했었다. 무사들조차 전원 할복 처분이 내려지리라고는 생각하지 않는 분위기였다. 하지만 바쿠후는 사회 근간을 흔들 염려가 있다는 이유로 이 공연을 중지했다. 극의 상연을 방치하는 것은 극의 중심 내용인 사적 복수를 인정하는 것이었고, 이러한 사적 복수의 인정은 결국 아코 사건을 저지른 무사들에 대한 처벌에 대한 이론이 제기될 여지가 있었기 때문이었다.

에게『주신구라』는 사건의 공간적·시간적 배경은 물론, 등장인물들이 실제와 다르게 변화되면서도 이야기의 원형이 유지되고 있는 것만이 중요한 연구 대상이었다. 물론 세계적으로도 이와 같이 원형을 유지한 채, 작가와 세기가 바뀌면서도 계속해서 작품이 재탄생되는 경우는 흔치 않기 때문에 이러한 연구는 중요한 의미를 지니고 있다. 『주신구라』 작품군의 지속적인 생명력과 변화, 발전성에 대한 연구 역시 일본 정신사의 발달 과정을 탐색하는 뜻깊은 연구이다.

그러나 『주신구라』에 대한 비극적 연구가 존재하지 않는다는 사실은 아쉬운 일이다. 세계적으로 유래를 찾을 수 없는 전형적인 비극에 대해서 비극의 입장에서 작품을 취급하지 못하다는 것은, 이 작품에 대해서 관객이나 독자는 물론 평론가들까지 비극으로 간주하고 싶지 않은 여망 때문이다. 그러나 내부의 구성원들끼리만 이해되는 제한된 이해의 방식으로『주신구라』를 탐색하는 일은『주신구라』가 이룩한 다양한 문학적 가치와 업적에 대한 이해를 제한하는 일이며, 보편적 인간관을 가진 세계인들이 일본 문예사가 추구하는 미학적 가치를 폭넓게 수용할 수 있는 여지를 차단하는 일이 된다. 따라서 『주신구라』의 진정한 문예적 가치를 확인하기 위해서는 반드시 새로운 시각으로 이 작품을 이해해야 하고, 그 가운데 가장 효과적으로 제시할 수 있는 방법론이 바로 비극적 관점의 독법이다.

---

72) 19세기 후반부터 주신구라는 새롭게 등장한 예술 장르인 영화, 드라마, 발레에 이르기까지 중요한 소재가 되었다. 이것은 단순한 이야기의 새로 쓰기 형태인 주신구라모노 차원이 아니라, 다양한 장르를 대상으로 아코 사건을 소재로 한 주신구라 관련 작품군의 생성이라고 말할 수 있다.

제1절 『주신구라』의 비극적 결함의 표현 방식

　관객이나, 독자들이 『주신구라』를 접하고 얻는 감정은 "연민과 공포의 쾌감"이다. 이 감정은 비극적 주인공인 『주신구라』의 작중 주동인물들이 전개한 비극적 행위들로부터 기인한다. 『주신구라』를 비극으로 취급하지 못하는 근본적인 이유는 무사들의 복수에 정당성을 부여했기 때문이다. 충의를 수행하기 위해 복수를 감행한 무사들이었기 때문에, 그들은 자신들이 알고 있는 도덕률을 준수한 것이었다. 따라서 독자나, 관객들은 무사들이 당연한 일을 했다고 믿고 있는 것이다.

　그렇지만 무사들의 행위는 정당한 일이 아니었다. 일본의 무사도라는 관점에서 볼 때에만 무사들의 행위는 설득력을 지닐 수 있다. 보편적 사회 관점, 더 나아가 인류사적 입장에서 볼 때 무사들은 저항할 의사가 없는 개인을 원한에 의해 집단으로 폭행하고 살해한 것이었다. 칼을 든 사람들이 칼이 없는 사람들을 베어 죽인 것뿐이다.

　무사들의 행위에 정당성을 부여한 것은 일본에만 존재하는 무사도라는 도덕 체계를 대중이 인지하고 있었기 때문에 가능한 일이었다. 일본을 제외한 동양 사회나, 서구 사회에서는 무사들의 복수극을 보는 입장에서는 충성심에 가득 찬 무력 집단의 조직적 폭력행위로 치부된다. 일본 사회에서는 용인이 될 수 있지만, 일본을 제외한 사회에서는 결코 납득될 수 없는 행동은 행위의 정당성에 대한 입장 차이 때문이다. 심지어 현재의 일본 사회에서도 이와 같은 일이 발생한다면, 가해자들은 분명히 법적 심판을 받게 될 것이다.

　법적으로 범법행위인 무사들의 이러한 집단행동은 서구의 문예 이론에서는 '비극적 결함(tragic flaw, harmatia)'이라고 말한다. '판단 착오'라는 뜻을 지닌 비극적 결함은 잘못된 행동으로 행복에서 불행으로 운명이 바뀌는 발단이 된다. 일반적으로 신의 경고를 무시하거나, 중요한 도덕을 위반하는 것은 비극적 주인공의 "프라이드(pride)", 즉 강한 자신감 때문이다. 아담이 하나님의 경고를 무시하고 선악과를 따먹는 행위는 신의 경고를 무시한 것이고, 오이디푸스 왕이 어머니를 아내로 삼는 것은 인륜이라는 중요한 도덕을 위반한 것이었다.

『주신구라』를 통해 얻는 "연민과 공포"의 감정은 선하지도 악하지도 않던 인물들이 비극적 결함으로 인해 행복에서 불행으로 운명이 바뀌는 것 때문이었다.[73] 그들은 원래 악한 사람들이 아니었으므로, 그들이 맞이하는 불행은 그들이 마땅히 받아야 할 불행의 양보다 크기 때문에 관객과 독자들은 무사들에 대해 연민을 불러일으켰던 것이다.

이러한 연민은 아코 사건과 직접적 관련을 맺고 있는 피해 당사자, 아코 사건을 판단해야 할 바쿠후 정권에는 공포를 불러일으켰다. 무사들의 행동은 또 다른 판단 착오를 야기할 수 있기 때문이었다. 바로 그러한 이유 때문에 『주신구라』는 작품을 상연할 당시의 정권들로부터 상연 금지와 출판 금지라는 제재를 받아왔던 것이었다.

1. 집단적 비극-비극적 결함의 생략

아코 사건의 무사들이 저지른 비극의 비극적 결함은 무사도에 대

---

73) 서구의 비극에서 비극적 주인공은 비극적 결함의 요소를 가지고, 일련의 사건들의 얽힘 또는 분규(complication)를 거쳐 운명이 행운에서 불행으로 갑자기 역전(reversal)되어 종국(catastrophe)으로 발전하는 플롯(plot)을 갖게 된다. 분규는 흔히 그 때까지 주인공이 모르고 있던 사실들을 발견하는 것을 의미한다.

한 강한 집착이었다. 주군의 복수는 반드시 갚아야 한다는 무사도 정신에 대한 집착은 목숨을 건 복수를 감행하게 했다.

『주신구라』에서는 내용의 전개 과정에서 집단적 비극을 형성하는 주동 인물은 하쿠슈의 영주 엔야 한간 다카사다이다. 4단에서 그는 다다요시 사자들의 명을 받아 할복을 하면서, 자신의 가신 오보시 유라노스케에게 자신을 대신해서 복수를 해줄 것을 부탁한다.

> "유라노스케! 이 단도[74]를 너에게 남기마. 나의 울분을 씻어 다오!" 이렇게 말하고 나서 칼끝으로 목젖을 자르고 피 묻은 칼을 앞으로 던졌다. 그리고 쿵 하고 앞으로 쓰러져 절명하였다.[75] (p.54)

주군 엔야 한간이 죽어가면서 남긴 유언을 유라노스케는 받아들일 수밖에 없다. 주군과 가신과의 관계를 떠나, 죽는 자와 산 자의 관계에서도 마지막 남긴 말에 대한 의미는 각별하기 때문이다. 이러한 복수의 부탁은 무사 정신에 충일한 유라노스케와 다른 무사들에게 고스란히 전달되어 복수의 일념을 다지게 된다.

> 피에 물든 칼끝을 꼼짝 않고 바라보며 주먹을 불끈 쥐고는 원통한 눈물을 주르륵 주르륵 흘렸다. 주군의 최후의 한마디가 오장육부에 스며들어 번져갔다. 생각해 보면, 후대에 오보시 유라노스케가 의로운 충신으로서 이름을 알린 복수의 의거는 여기서부터 시작되었다는 것을 알 수 있다.[76] (p.54)

---

74) 아사노가 할복을 했을 때, 오이시 구라노스케는 망군의 유체와 함께 작은 칼을 입관했다. 菊地明, 전게서, p.60.

75) 由良之助、この九寸五分は汝へ形見。わが鬱憤を晴させよと。切先にて、笛はね切り。血刀投げ出し、うつぶせに。どうどまろび、息絶ゆれば。(p.55)

76) 血に染まる切先を、うち守リへ。拳を握り。無念の涙はらへ。判官の末期の一句、五臓六腑にしみわたり。さてこそ世末に大星が、忠臣、義心の名をあげし、限ざしは。かくと知られけり。(p.56)

주군을 잃은 유라노스케와 무사들은 가문도 폐문되어 낭인의 신세로 전락하게 된다. 무사이기에 앞서 그들도 가족을 거느리고 생계를 꾸려가야 하는 생활인이었다. 따라서 냉정하게 말하면, 무사로서의 일자리를 잃은 무사들은 살아가는 일 자체가 문제였다.

오이디푸스 왕의 이야기에서 그의 비극적 결함이 어머니를 범한 것이었다면, 『주신구라』에서 비극적 결함은 선과 악에 대한 판단도 없이 유라노스케가 복수를 다짐한 것이었다. 유라노스케의 판단 착오였다. 유라노스케는 주군 엔야 한간을 떠나보내며, 주군의 원수 모로나오를 죽일 결심을 했던 것이다. 따라서 유라노스케와 무사들은 처음부터 비극을 맞이할 운명에 빠져들게 되어 있었다.

만약 유라노스케가 주군 엔야 한간의 최후에 동석해서 복수를 청탁받았을 때, 복수는 옳지 않은 것이므로 행할 수 없다거나, 주군의 남긴 가족들만이라도 최선을 다해서 봉공하겠다고 다짐했다면, 『주신구라』의 비극은 생겨나지 않았을 것이다. 주군의 복수를 완수는 결국 무사들 전체의 죽음을 의미할 뿐만 아니라, 남은 가족들의 생활 문제와도 직결되는 것이기 때문이었다. 자신의 잘못된 처신으로 할복을 당하면서도, 남은 가족이나, 가신들의 생활 문제는 전혀 생각하지 않고 복수를 당부하는 엔야 한간은 상식적으로 이해할 수 없는 인물이다. 문제는 그럼에도 불구하고, 엔야 한간은 가신 유라노스케에게 복수를 부탁하고, 유라노스케는 그에 화답하는 것이다.

비극은 항상 분규를 거쳐서 비극적 결말로 치닫게 된다. 분규란 일반적으로 알지 못했던 사실을 발견하게 되는 것이다. 이러한 분규는 역시 4장에서 확인할 수 있다. 주군의 장례를 치른 가신들이 모여서 회의를 할 때, 가신 중의 우두머리인 가로 유라노스케는 전체의 의견을 청문한다. 이 과정에서 유라노스케는 가신들 사이에서도 의

견이 일치하지 않는 것을 확인하게 된다. 분규의 과정을 거쳐 유라노스케는 평온했던 삶을 역전시켜, 비극적 종국으로 향하게 된다.

오노 구다유와 그의 아들 사다쿠로는 죽은 주군 엔야 한간이 모아둔 공금을 나눠서 주군의 저택을 나가자고 주장한다. 센자키 야고로는 주군의 원수 모로나오를 처단하고, 다다요시가 저택을 접수하러 보낸 무사들과 싸우다가 죽자고 말한다.

『주신구라』에서는 이 장면이 간단하게 요약되어 있지만, 역사적 사실로서 아코 사건에서는 엔야 한간으로 묘사된 아사노 다쿠미노카미 나가노리의 무사 128명 가운데 47명만이 복수에 참여한 사실이 나타나 있다. 전체 무사 가운데 약 35%만이 주군의 복수를 위해 목숨을 바친 것[77]이었다. 기리를 중시하는 무사도를 알고 있는 무사들이었지만, 주군의 복수를 위해 죽음을 각오하는 것은 쉽지 않다는 것을 알 수 있다.

> 저마다 의견을 말하는 동안 유라노스케는 묵묵히 듣고 있다가 입을 열었다. "이야기를 듣고 있으니 야고로의 생각이 나와 같다. 말하자면 돌아가신 주군을 위해 순사하는 것이 무사의 도리일 것이다. 하지만 어리석게 할복하는 것보다 이시카가의 무사들과 맞서 싸우다 죽기로 결정하였다."[78] (p.57)

오이디푸스 왕의 분규가 자신이 어머니를 범한 사실을 알게 되었

---

77) 아코 사건에서 복수의 중심에 선 아사노의 가로 오이시(大石)는 복수를 결심하고, 동지들에게 의견을 묻는다. 처음에 복수의 의사를 피력한 동지의 숫자는 128명이었지만, 한 사람씩 직접 면담을 해서 의향을 물어 확인한 숫자는 50명으로 줄었다. 남은 사람들은 충의를 지키기 위해 목숨을 바칠 결단한 사람들이었다. 남은 50명 가운데에서도 이탈한 사람들이 있었는데, 그들은 충과 효의 문제 사이에서 갈등 때문이었다. 小野眞一, 「大石內藏助良雄-淺野內匠頭長矩家老」, 西山松之助, 전게서, p.42.

78) 評議のうちに由良之助、黙然としてゐたりしが。たゞいまの評定に。弥五郎の場所と。わが胸中の一致せり。いはば亡君の御ために。われへ殉死すべきはず。むざへと切腹らうより。足利の討手を待ち受け、待ち死にと一決せり。(p.58)

던 것이라면,『주신구라』의 비극은 유라노스케가 주군을 위해 복수를 해야 한다는 것을 다짐하고, 무사들에게 선포한 일이다. 주군이 당부하는 부탁을 수행하기 위해 선과 악에 대한 판단과 현실적 고려를 하지 않고 복수를 결정한 유라노스케는 분규의 과정을 거쳐 복수를 확인한다. 이러한 유라노스케의 복수 결단은 결국 47명 무사 전체의 운명을 행운에서 불행으로 역전시키는 결과를 초래한다.

2. 개인적 비극─비극적 결함의 남발

『주신구라』가 비극으로서 갖는 독특한 특징은 작중 주동인물들이 개별적으로 비극적 주인공이 된다는 점이다.『주신구라』는 47명 무사들이 집단적으로 주군의 복수를 하는 데 그치지 않고, 복수에 참여하는 무사들과 주변 인물들이 개별적으로도 비극을 맞이하고 있다.『주신구라』에 등장하는 인물 개개인을 소재로 한 작품들이 현재까지 계속해서 생산될 수 있는 동력은 실제 인물을 직접 반영하거나, 가공해서 창조한 인물 한 명 한 명이 집단 복수라는 주제에 매몰되지 않고 있다는 사실이다. 작중 주동 인물들은 집단의 복수를 추구하면서도, 또한 주군의 복수를 자신의 운명으로 받아들이면서 개별적 비극에 접근하게 된다.

1) 엔야 한간 다카사다와 고노 무사시노카미 모로나오

엔야 한간 다카사다[79]는『주신구라』비극의 주동인물이다. 그가

---

79) 엔야 한간의 실제 모델이었던 아사노 나가노리(浅野長矩)는 칸분(官文) 7년(1667) 8월 11일에 태어났고, 아명을 마타이치로(又市郎)이라고 했다. 제2대 번주였던 아사노 나가토모(浅野長友)가 에도 부임 중에 병역으로 죽었기 때문에, 엔포(延寶) 3년 불과 9세에 3대 번주의 자리에 올라, 엔포(延寶) 8년에 다쿠미노카미(內匠頭)에 서임되었다. 덴나(天和) 3년(1683)에 빙고미요시(備後三次) 번주 아사노 나가하루(浅野長治)의 딸 아구리(阿久里)와 결혼하였지만, 자식은 얻지 못했다. 겐로쿠(元祿) 8년에 중병에 걸려, 친

모로나오에 대한 칼부림을 벌이지만 않았어도, 『주신구라』의 비극은 발생하지 않았을 것이다. 그의 비극적 결함은 순간적인 울분을 참지 못하고 모로나오를 죽이려 했다는 점이다.

당시 일본 사회에서 번주라는 사실은 엔야 한간의 사회적 지위가 어느 정도인지 짐작할 수 있게 한다. 그의 원수를 갚고 나서 할복한 무사만 46명이라는 점은 엔야 한간의 위세를 가늠하게 한다. 문제는 그의 복수의 방법이었다. 실제 아코 사건의 주인공인 아사노 다쿠미노카미 나가노리를 상징하는 엔야 한간은 성정이 급하고, 판단력이 부족하며, 옹졸한 인물이었다.

> "오냐, 이렇게 하겠다!" 칼을 빼 들어 모로나오를 정면에서 내리치자 미간에 커다란 상처가 생겼다. "이크" 하고 몸을 돌려 피했지만, 에보시 윗부분이 둘로 갈라졌다[80]. (p.42)

엔야 한간은 판단력이 부족한 사람이었다. 사건이 발생한 장소는 쓰루가오카 하치만 궁 내부였다. 궁이 완공되자 쇼군 다카우지를 대리해서 그의 동생 아시카가 다다요시가 도착한 상황이었다. 자신은 물론 고노 무사시노카미 모로나오와 모모노이 와카사노스케 야스치카 같은 영주급 관리들이 영접사로 나와 있는 처지였다.

아무리 치욕적인 언사를 들었다고 할지라도, 쇼군의 대리가 와 있는 궁에서 자신의 감정을 억누르지 못하고 칼부림을 할 정도라면 관리로서뿐만 아니라, 인간으로서도 문제가 있는 사람이었다. 복수의

동생 나가히로(長広)를 양자로 해 아사노가의 후계자를 정했다. 번주였음에도 소견은 좁았던 것으로 전해진다. 칼부림도 그의 좁은 소견에서 비롯되었다고 이해된다. 언젠가부터 쓰카에(痃)라고 하는 만성비장종을 앓고 있었다고 알려져 있다. 菊地明, 전게서, p.20.

80) オ、かうする、と抜き討ちに、眞つ向へ切りつくる。眉間の大疵。これはと沈む身のかはし。烏帽子の頭二つに切れ。(p.45)

기회는 언제라도 있는 것이었다. 궁을 완성하고 축하하는 자리에서, 자기와 함께 쇼군의 대리를 맞는 영접사에 칼을 휘두른 것은 비상식적인 행동이었다.

뿐만 아니라 그는 할복을 명받아 죽어가는 처지에서도 자신의 실수를 반성하지 못하고, 가신 유라노스케에게 할복을 부탁하고 있다. 가문은 폐문되고, 가족들은 멸문의 위기에 처했으며, 자신을 따르던 무사들은 생계가 막막해지고, 자기가 다스리던 번은 번주가 바뀔 정도로 상황이 악화되었는데, 그는 죽는 순간까지도 개인적 원한에 연연했던 것이다. 그러한 그에게 비극은 당연한 것이었지만, 안타까운 것은 그러한 그를 위해 너무 많은 무사들과 가족들이 목숨을 잃게 되었다는 점이다.[81]

고노 무사시노카미 모로나오는 엔야 한간이 칼부림을 하도록 원인을 제공하는 인물이다. 엔야 한간이 궁에서 복수극을 펼친 것은 실수이지만, 모로나오가 엔야 한간에게 복수의 마음이 생기게 만든 것은 모로나오의 비극적 결함이다. 모로나오는 재물에 욕심이 많고, 자신의 권세를 바탕으로 다른 사람을 쉽게 무시하는 인물이다. 이러한 그의 천성이 엔야 한간의 원한을 사게 만들었고, 결국 엔야 한간의 무사 47명에게 복수를 당해서 비극적 최후를 맞게 된다.

대체로 당신처럼 집안에만 있는 자를 가리켜 〈우물 안의 붕어〉라고 하지. 잘 들어두게. 그 붕어란 놈은 불과 3척이나 4척의 우물 안을 세상에서 가장 넓은 곳

---

81) 『주신구라』에서 모로나오를 죽이고 싶어 했던 것은 엔야 한간만이 아니었다. 모모노이 와카사노스케 야스치카도 모로나오에 대한 복수심에 불타오른 인물이다. 하지만 엔야 한간 다카사다가 비극적 주인공으로 발전하는 것과 대조적인 행보를 보이는 것은 모로나오의 가신 혼조가 먼저 돈으로 모로나오를 매수했기 때문이었다. 자신의 주군 모모노이와 자기를 포함한 가신들이 바치는 것처럼 황금 70매를 선물해서, 모로나오의 마음을 누그러뜨린 것이다. 이로 인해 모모노이를 비극을 모면할 수 있게 된다. 이러한 상황을 통해서 모로나오는 스스로 비극을 자초하는 인물이었다는 점을 추측할 수 있다.

이라고 생각하여, 평소에 밖을 보는 일이 없으니까 잘난 체만 하지. 그런데 그 우물의 물갈이를 하는 경우에 두레박으로 퍼 올려 강에 풀어주면 아무래도 집에만 있던 놈이라서 기뻐서 헤엄은 치지만 어디로 가면 좋을지 몰라 다리의 말뚝에 코를 부딪치고는, 그 자리에서 파드득, 파드득, 파드득, 파드득, 떨며 죽어버리지. 너도 마치 그 붕어와 같구나. 하하하하![82] (p.42)

실제 아코 사건에서 아사노 다쿠미노카미 나가노리가 기라 고즈케노스케 요시나카를 죽이려 했던 이유에 대해서는 밝혀지지 않고 있다.[83] 여러 가지 이설들이 있을 뿐이다. 『주신구라』에서 모로나오의 이 말이 엔야 한간에게 복수심을 불타게 할 만큼 자존심을 상하게 한 말인지 모르겠지만, 모로나오는 이 경솔한 말로 인해 죽음을 자초하게 된다. 이것이 모로나오의 비극적 결함이다.

엔야 한간이 할복을 한 이후에, 모로나오가 엔야 한간 밑에서 가신을 하던 오노 구다유를 자기 수하에 둔 것은 분규의 과정을 거쳤기 때문이다. 즉, 자신의 비극적 결함을 인식하고, 유라노스케가 자신에게 복수의 마음을 가지고 있는지 살피고자 했던 것이다. 『주신구라』에서는 엔야 한간과 47명의 무사들에게만 모든 관심이 집중되는데, 실제로는 무사들에게 희생당하는 모로나오도 비극적 인물이다.

---

82) 惣体きさまやうな。內にばかゐる者を、井戶の鮒ぢゃと言ふたとへがある。聞いておかしやれ。 かの鮒めが、わづか三尺か四尺の井の內を。天にも地にもないやうに思うて。ふだん外を見ることがない。ところにかの井戶がへに、釣瓶について上がります。をれを川へ放しやろと。何が內にばかりゐろやつぢゃにとつて。よろこんで度を失ひ。橋杭で鼻を打つて。卽座にぴりへへへと、死にます。きさまもちやうど鮒と同じことハ、へへと出放題。(p. 43)

83) 아코 사건은 아사노와 기라 두 사람의 개인적 문제로 발생했다. 그 내용에 관해서는 여러 가지 이설이 있지만, 분명한 것은 기라가 아사노의 아내 아구리에 대해서 연모의 감정을 품어서 발생한 것은 아니라는 사실이다. 泉秀樹, 전게서, p.49.

2) 가오요 고젠

엔야 한간 다카사다의 처 가오요 고젠[84]도 비극적인 인물이다. 그녀는 번주였던 남편이 칼부림을 저지르다 실패해서 할복을 당하는 상황을 목도한다. 아코 사건에서 실존인물 아구리를 상징하는 가오요는 자신의 미모를 탐내는 모로나오를 효과적으로 처리하지 못해, 남편 엔야 한간이 비참한 최후를 맞게 만든다.

표면적으로는 엔야 한간이 모로나오의 비웃음에 대항해서 칼부림을 한 것이었다. 하지만 실상은 가오요에게 수작을 걸었던 모로나오가 그녀의 남편 엔야 한간이 눈치를 챈 것이 아닌가 하는 오해를 하면서, 모로나오가 엔야 한간을 감정적으로 자극한 것이었다.

가오요가 '그렇지 않아도 잠옷은 무거운데 내 옷소매가 아닌 남의 옷소매를 포개어 자지 마라(さなきだに。重きがうえのさよ夜。わがつらぬつ開き。さなきだに。重きがうへのさよ衣。p.42)'는 내용이 담긴 편지를 남편에게 건네지만 않았어도 비극은 빗겨갈 수 있었다. 다다요시를 모시고 펼쳐지는 연회 전날, 가오요는 남편 엔야 한간에게 모로나오에게 편지를 전해달라고 부탁을 한다.

그렇지만 가오요가 착각한 것이 있었다. 모로나오가 엔야 한간보다 위세가 강하다 할지라도, 힘으로 가오요를 취할 수는 없는 일이었다. 이미 가오요는 엔야 한간의 아내였기 때문이었다. 가오요는 편지를 전해서 거절하는 것이 지혜로운 방법이라고 생각했는지 모르지만, 자신을 유혹하는 이성에게 남편을 통해 거절의 서신을 전하는 것은 상식적으로 이해하기 힘든 일이다. 엔야 한간으로부터 가오요의 편지를 건네받은 모로나오는 분한 감정을 갖게 된다.

---

84) 가오요의 실제 모델인 아구리(阿久里)는 아코 사건과는 직접적인 연관이 없다. 그녀는 남편이 할복한 뒤에, 불가에 입문 은거했다고 전해진다. 菊地明, 전게서, p.62.

> 잠시 생각해보던 모로나오는 마침내 자기의 유혹이 뜻대로 이루어지지 않았다는
> 것을 깨닫고, 그렇다면 가오요가 남편에게도 모든 것을 다 이야기했을 것이라고 생
> 각되었다. 그러나 치밀어 오르는 분노를 겉으로 드러내지 않고 말한다.[85] (p.40)

이것이 바로 가오요가 남편 엔야 한간을 비극으로 몰아넣는 비극적 결함이다.

그런데 가오요의 착각은 여기서 그치지 않는다. 가오요는 유라노스케를 비롯한 무사들이 복수의 칼을 갈고 있을 때 오히려 복수를 독려한다. 엔야 한간이 할복한 뒤에 이미 가오요는 남편을 잃은 여인의 심정을 가지고 살고 있는 처지였다. 쇼군의 명령을 받고 할복한 무사의 아내라는 상황이었다.

그럼에도 불구하고 가오요는 남편의 가신들이 남편의 복수를 해주기를 바라고 있다. 7단은 복수의 의지를 숨긴 유라노스케가 유곽을 전전하는 장면이 그려지고 있는데, 리키야가 찾아온다. 리키야는 유라노스케에게 가오요로부터 급한 파발로 은밀한 서찰이 왔음을 알려준다.

> "예, 원수 고노 모로나오가 영지로 돌아가겠다는 바람이 이루어져 이제 곧 영지
> 로 돌아갈 것 같다는 소식, 자세한 것은 서찰에 있다는 말씀이셨습니다."[86] (p.96)

모로나오에 대한 복수가 이루어진다면, 복수에 간여한 47명의 무사는 틀림없이 처벌을 받게 될 것이었다. 남편의 복수는 이루어질지 모르지만, 남편과 자신을 충심으로 섬기던 사람들이 전원 죽을 수도

---

85) ム、と事案のうち。わがが戀のかなはぬしろし。さては夫にも打ち明けしと、思ふいかりをさあらぬ顔。(p.42)

86) 敵高師直、帰国の願ひかなひ。近々本国へ帰ります。倭細の儀はお文との御口上。(p.95)

있는 일이었다.

그런데도 가오요는 유라노스케에게 급한 파발까지 보내가면서, 모로나오가 자신의 영지로 돌아갈 것이라는 서신을 보냈다. 반드시 복수를 해달라는 뜻으로 남편의 가신에게 원수의 상황을 알려준 것이다. 자신의 미모를 탐내며 수작을 건 모로나오를 잘 처리하지 못해, 남편이 비명횡사한 까닭에 가신들은 하루아침에 로닌(浪人)으로 전락했다. 그리고 일자리를 구하지 못해서 유랑을 하거나, 도둑이 되거나, 사냥꾼이 되었다. 그런데 가오요는 남편의 유지를 계승한다는 이유만으로 복수를 독려하는 것이다.

복수의 실현으로 가오요가 얻은 것은 남편을 섬기듯 자신을 지켜보던 무사들이 전원 할복이었다. 가오요는 남편과 무사들에게 두 번이나 판단 착오를 일으켜 비극적 인물이 되고 만다.

3) 오보시 유라노스케 요시카네와 가코가와 혼조 유키쿠니

오보시 유라노스케[87]와 가코가와 혼조 유키쿠니는 각각 엔야 한간과 모모노이의 가로들이다. 두 사람은 주군들 밑에서 전권을 휘두를 수 있는 막강한 위치였다. 이들 역시 『주신구라』 속에서 비극적 인물들이다.

혼조는 자신의 주군 모모노이가 모로나오에게 원한을 가지고 있다는 사실을 알고, 주군이 복수를 하기 전에 미리 돈을 써서 모로나오의 마음을 누그러뜨린다. 반면 유라노스케는 주군 엔야 한간이 연

---

87) 오보시 유라노스케의 실제 모델이었던 오이시 구라노스케 요시카쓰(大石內藏助良雄)는 만지(万治) 2년(1659) 1월 15일에 태어났다. 그의 아버지 요시아키(良昭) 역시 아사노 가의 가로였으나, 엔포(延寶) 원년(1673) 34세의 나이로 출장 중에 오사카에서 객사하여, 오이시 구라노스케가 15세에 그의 조부 요시타카(良欽)의 양자가 되어 오이시가의 계승자가 되었다. 할아버지와 아버지의 뒤를 이어 21세 때 1,500석을 받는 가로가 되어 그로부터 22년 뒤에 겐로쿠(元祿) 14년을 맞았다. 菊地明, 전게서, p.22.

회 전날 궁에 들어갈 때, 가신 간페이만 데리고 단출하게 들어가는 것도 모르고 있었다. 궁에서 전개되는 연회는 쇼군의 대리 다다요시가 참석한 행사였다. 자신의 주군은 물론 지역의 다른 고위 관리들이 영접사로 나선 격식 있는 자리였다.

성질이 급한 주군이 격식을 따지지 않고 궁에 들어갈 때, 가로 유라노스케가 주군의 행차를 제대로 챙기지 않았다는 것은 자기 책임을 방치한 것이다. 뿐만 아니라 그는 주군의 할복 순간에도 곁에 있지 않았다. 다다요시의 사자인 이시도 우마노죠와 야쿠시지 지로자에몬이 와서 할복을 명할 때, 유라노스케는 주군과 함께하지 못한 것도 역시 자기 책임을 방치한 것이다. 주군은 이미 할복을 각오하고 할복할 때 입는 흰 예복을 긴 하오리 속에 입고 있는 처지였다. 가신으로서 주군의 죽음만큼 중요한 일이 없는데도, 그는 주군의 저택에 머무르지 않았다. 유라노스케가 나중에 무사들을 모아서 모로나오를 처단하는 데 결정적인 역할을 하였다고 하더라도 그는 주군이 살아있을 동안 혼조만큼 지혜롭게 주군를 보필하지 못했다. 주군 엔야 한간은 유라노스케가 올 때까지 할복을 유예시켜달라고 다다요시의 사자들에게 부탁을 할 정도로 애틋한 마음을 보였지만, 가신인 그는 주군과 함께하지 못했던 것만으로도 큰 죄를 진 것이다. 이러한 부분들이 바로 유라노스케의 비극적 결함이다.

그러나 궁극적인 비극적 결함은 전장에서 언급한 전체적 비극을 조장하는 판단 착오를 일으킨 것이었다. 남편을 잃은 가오요는 이미 비이성적 상태였고, 직업을 잃은 가신들은 감정적으로 주군의 원수 모로나오에게 복수심을 내비칠 수 있었다. 엔야 한간의 가로 유라노스케는 자신의 자식 리키야도 무사로 있을 만큼 나이를 먹은 사람이었다. 그런데도 남은 사람들의 안위보다 주군의 복수만을 완수할 생각으로 복수의 완성에만 치중한다.

복수의 실현으로 유라노스케는 자식과 함께 할복을 해서 자기 집안도 멸문을 당한다. 그리고 나머지 무사들 역시 전부 죽음의 길로 빠져들게 만들고 만다. 주군의 원수 모로나오를 죽이는 일이 복수였을지 모르지만, 진정한 복수의 완성은 주군의 적 모로나오 앞에 당당하게 살아남아 죽음이 아닌 복수를 실현하는 일이었을 것이다. 유라노스케의 판단 착오는 결국 『주신구라』 전체의 비극은 물론, 자기 자신의 비극도 초래한다.

모모노이의 가신 가코가와 혼조 유키쿠니는 스스로 비극을 좇아가 비극적 상황에 대처한다. 혼조는 주군 모모노이의 모로나오에 대한 원한을 돈을 써서 현명하게 처리한다. 그의 태도는 엔야 한간의 가로 유라노스케와 비교할 때, 지혜롭게 주군을 섬겼다고 할 수 있다.

그러나 엔야 한간이 모로나오에게 칼부림을 할 때, 혼조는 한간을 붙들어 칼부림을 막는다.

> 그때 옆방에 있던 혼조가 뛰쳐나와 한간을 끌어안는다. "한간님! 성급하십니다!"라고 붙들고 말리는 사이에 모로나오는 자기 집을 향해 넘어질 듯한 발걸음으로 도망쳐 갔다.[88] (p.42)

애초에 엔야 한간의 싸움에 끼어들 일이 아니었다. 자신의 주군도 아니었고, 이미 엔야 한간은 칼을 빼든 이성을 잃은 상황이었다. 그런데 한조는 끝까지 엔야 한간을 붙들고 막아서 결국 모로나오를 죽이지 못하게 한다. 그로 인해 엔야 한간은 궁에서 소란을 피운 이유로 할복을 당하게 된다.

---

88) お次ぶ控へし本藏、走り出ておし止め。コレ判官様、 御短慮と、抱きとむろその
   隙に、真つ二つ。放せ本藏、放しやれと、せり合ふうち。(p.45)

이러한 상황이라면 애써 딸 고나미와 아내 도나세를 리키야와 정혼을 시킬 생각을 말아야 한다. 딸 고나미가 연모의 정으로 리키야를 생각한다고 하더라도, 이미 시아버지가 될 유라노스케와 사위가 될 리키야는 혼조를 원수로 생각하고 있었다.

그런데도 혼조는 딸 고나미를 애써 리키야와 혼사시킬 생각을 한다. 상대는 자신을 원수로 생각하는데 굳이 혼사를 이루려고 하는 것이 바로 혼조의 판단 착오이다. 상대인 유라노스케 가문에서는 이미 혼조 가문과 연을 맺고 싶지 않은 상태인데도, 우기고 우기다가 결국 사위의 창에 찔려 죽는다.

혼조 개인적으로 보면, 궁극적으로 자신은 리키야의 손에 찔려 죽고, 딸 고나미는 리키야가 할복을 당하므로 과부가 된다. 딸 고나미를 리키야와 결혼을 시킬 생각만 하지 않았다면 혼조는 주군 모모노이의 원한을 돈을 써서 지혜롭게 해결한 것처럼 현실적인 안정을 취할 수 있었다. 결국 혼조는 『주신구라』 복수극과는 직접적 상관이 없는, 주군의 원수에 한 맺힌 무사들의 원한을 푸는 도구로 사용되고 만다.

4) 하야노 간페이와 오보시 리키야 요시하루

주군 엔야 한간이 모로나오에게 칼부림을 할 때, 궁에 동행했던 하야노 간페이는 그 자리에 있지 않았다. 아내 오카루를 만나기 위해서 정원으로 나갔기 때문이다. 가신의 역할은 주군 봉양이라는 점을 상기하면 간페이는 자신의 역할을 제대로 하지 못했다.

주군 엔야 한간의 칼부림은 우발적 사건이었다. 복수를 계획했다 실행하지 않은 모모노이와 달리, 엔야 한간은 아내 가오요가 부탁한 편지를 모로나오에게 건네주었다가 자존심을 건드리는 말을 듣게 되었다. 그래서 갑자가 칼을 꺼내들고 모로나오에게 칼을 들이댄 것이었다. 물론 간페이가 그 자리에 있었어도, 성질 급한 엔야 한간은 칼을 뽑아들었을 것이다. 그러나 간페이는 이러한 상황에서라면 주군을 저지했을 것이고, 최소한 직접적 공격을 이루어지지 않았을 것이다. 그렇다면 주군의 할복이나, 가문이 폐문당하는 사태까지는 발생하지 않았을 것이다. 간페이가 자신의 역할을 제대로 하지 못한 것이 『주신구라』의 비극적 결함이 된다.

주군이 죽은 뒤에 죄책감에 사로잡혀 살면서 간페이는 생계를 위해 사냥꾼이 되었다. 그리고 아내를 유곽에 팔아서 거사 자금을 마련하려는 기쁨을 가지고 돌아오던 장인 요이치베를 죽인 오노 사쿠다로를 죽이게 된다. 간페이는 장인의 원수를 갚은 셈이지만, 상황을 제대로 살펴보지 않은 까닭에 장모의 채근을 받아 할복하게 된다. 살아서는 주군을 제대로 섬기지 못하고 죽어가면서는 장인의 살해범이라는 누명을 쓰고 죽는 것이다.

> "그렇다면 우리 영감을 죽인 사람은 다른 사람이었습니까? 아아!" 장모는 다시 간페이에게 매달려 또다시 운다. "이렇게 두 손 모아 사죄하네. 늙은이가 어리석은 마음에 성급하게 원망을 한 것은 모두 내 잘못이야. 용서해 주게! 제발 죽어서는 안 되네."[89] (p.84)

간페이는 마지막 순간 자신에게 거사 자금을 받으러온 주군 엔야 한간의 가신 하라 고에몬과 센자키 야고로를 통해 마흔여섯 명의 무사들이 거사를 맹세한 연판장에 서명을 하게 된다. 형식적으로는 간페이도 『주신구라』 복수극에 참여한 것이지만 내용적으로는 자신의 판단 착오로 비극을 맞게 되는 것이다.

---

89) エ、そんなりや。あの親仁殿を殺したは。ほかの者でござりますかえ。ハアはつと。母は手負ひに縋リ。コレ手を合して拝みます。年寄リの遇痴な心から、恨み言うたは皆誤リ。こらへてくだされ勘平殿。かならず死んでくださるなど。(p.85)

오보시 리키야 요시하루는 가로 오보시 유라노스케 요시카네의 아들이다. 리키야도 아버지 유라노스케와 마찬가지로 엔야 한간을 주군으로 섬기며 녹을 받아왔다.

리키야는 표면적으로는 개별적으로 보면, 복수에 참여한 다른 무사들과 같이 비극의 희생양처럼 보인다. 하지만 리키야도 비극적 인물이고, 판단 착오를 통해 비극적 결함을 갖게 된다.

그런데도 유라노스케는 주군의 복수를 실행하기 위해, 유곽에서 주색을 일삼으며 자신의 의도를 숨기며 복수를 계획했다. 리키야는 아버지 유라노스케와 한 번도 복수 이후의 상황에 대한 이야기를 하지 않는다. 주군의 부인 가오요에 대한 염려도 없고 생활이 어려워진 무사들의 생계에 대한 걱정도 없다. 또한 복수가 성공한 다음에 맞이할 상황에 대해서도 생각하지 않는다. 처음부터 죽을 각오를 했기 때문이다.

> 리키야가 눈치 빠르게 안에서 나와 "어머니, 아버님은 주무십니까? 이것을 드리려고," 하고 내민 것은 부모 자식이 생김새는 달라도 기리는 같다는 오동나무 베개이다.[90] (p.117)

9단에서 리키야는 밤새 유곽에서 술을 마시고 돌아온 아버지에게 오동나무 베개를 전해준다. 아버지 유라노스케의 판단이 옳다고 해도, 한두 명도 아닌 수십 명의 목숨이 달린 일인데 리키야는 주군에 대한 충성만을 다짐하는 것이다. 『주신구라』의 무사들은 오노 구다유나, 오노 사다쿠로 부자와 같이 주군의 사망과 함께 주군으로부터 마음을 거둔 몇몇을 제외하고는 모두가 주군의 복수를 위해 태어난

---

90) 力弥心得、奥より立ち出で、申しへ母人。親仁様は御寝なつたか。これ上げられい、と差し出す。親子が所作を塗り分けても。地下は同じきり枕。(p.113)

사람들처럼 행동한다. 그리고 그 중심에 리키야가 있는 것이다. 이것이『주신구라』에서 리키야가 저지른 판단 착오이다.

리키야는 복수를 앞두고도 개인적으로 비극을 맞이한다. 자기의 약혼녀 고나미의 아버지 가코가와 혼조 유키쿠니를 죽인다. 고나미가 자신의 계모 도나세와 함께 어머니 오이시를 찾아왔을 때 주군의 복수를 방해한 인물이라고 비난하면서 창으로 찔러 죽이는 것이다.

> 밑에 깔려 있는 오이시는 분해하며 이를 갈고 도나세와 고나미 모녀는 놀라서 어찌 할 바를 모르고 있을 때, 달려온 오보시 리키야가 떨어져 있는 창을 주워 들자마자 혼조의 오른쪽 늑골을 왼쪽까지 관통하도록 찔렀다.[91] (p.128)

리키야가 장인이 될 혼조를 죽이는 모습을 보면, 리키야의 삶의 목표는 이미 현실적인 생활이 아니라 주군 엔야 한간에 대한 복수로 결정되었다는 사실을 알 수 있다. 주군의 복수를 가로막아 주군의 원수를 갚지 못하게 만들었다는 것만으로 혼조를 비정하게 찌를 정도의 정신 상태라면 사리를 제대로 분별할 수 있는 수준에서 벗어났다고 말할 수 있다.

혼조의 행위는 살인을 막은 것이었으므로 당연한 일이었다. 엔야 한간에게 모로나오는 원수였지만, 두 사람 사이에 일어난 칼부림은 막아서 불상사가 생기지 않게 하는 것이 인간의 도리였다. 엔야 한간이 그로 인해 할복을 당하게 되었지만 혼조의 행동은 보편적 인성을 지닌 지극히 자연스러운 사람의 태도였다.

그런데도 리키야는 혼조를 창으로 찔러 죽이고 만다. 리키야와 고나미는 어려서부터 정혼을 한 사이였다. 그러므로 리키야와 혼조는

---

91) 敷かれてお石が無念の歯がみ、親子ははあ危ぶむ中へ。駆け出づ大星力弥。捨てたる槍を取る手も見せず。本蔵が右手の肋、左手へ通れと突き通す。(p.125)

초면이 아니었다. 어릴 때부터 막연히 미래의 장인이라고 생각하며 혼조를 대해 왔을 것이다. 그럼에도 불구하고 주군의 복수를 막았다는 이유로 리키야는 혼조를 죽인 것이다.

> 리키야와 고나미에게 짧은 피리의 한 매듭과 같은 하룻밤뿐인 부부 인연을 맺게 하는 것으로 마음을 남기고 떠나가는 것이다.[92] (p.135)

9단의 마지막에는 아들 리키야와 며느리 고나미를 위해 시아버지 유라노스케가 피리를 불어주는 대목이 나온다. 피리는 허무승으로 변장을 했던 혼조의 것이었다. 장인 혼조를 죽인 아들 리키야와 조금 전까지도 원수라고 생각했던 혼조의 딸 고나미를 예정대로 결혼을 시켜주는 유라노스케는 다음과 같이 이야기한다.

> "오늘 하룻밤은 이 시아버지가 며느리에게 이별의 선물로 사랑 노래를 불러주겠다."[93] (p.134)

리키야는 장인을 죽이고 고나미를 아내로 맞았고, 유라노스케는 사돈의 죽음을 확인하고 아들의 혼사를 허락하는 것이다.

리키야의 비정상적 행동 양식은 이러한 과정 속에서 확인할 수 있다. 우선 리키야는 자신의 복수가 정당한 행동도 아니고, 현실적인 행위가 아니라는 사실을 인지하지 못하고 있었다. 그리고 자신의 복수의 대상이 모로나오이지 결코 혼조가 아니라는 사실을 놓치고 있었다. 뿐만 아니라 혼조를 죽이면서까지 엔야 한간에 대한 충성심을 드러낼 필요가 없었다. 그리고 이왕 혼조를 죽였다면 고나미와 결혼

---

92) 枕垃ぶる追善供養。闇の契りはひとよぎり、心。殘して立ち出づる。(p.131)
93) 今宵一夜は嫁御寮へ。舅が情けの戀慕流し。(p.130)

을 할 필요가 없었다. 아버지를 죽인 남자와 하룻밤을 보내고 그의 여자가 된다고 한들 고나미에게 이전과 같은 애틋한 마음이 생길 리가 없었다. 그리고 어차피 리키야는 복수를 완성하고 죽을 목숨이었으므로 고나미와 부부의 연을 맺는 것은 그녀를 과부로 만드는 일이었기 때문이었다. 따라서 이러한 여러 가지 판단 착오를 통해 리키야는 스스로도 비극적 주인공이 될 뿐만 아니라, 고나미와 장모 도나세, 자기 손으로 죽인 장인 혼조에게까지 비극을 안겨주는 결과를 초래하고 만다.

5) 오노 구다유와 오노 사다쿠로

엔야 한간의 가신이었던 오노 구다유와 오노 사다쿠로 부자의 최후도 죽음이다. 엔야 한간의 칼부림 이후, 그의 가신들이 취할 수 있는 방법은 세 가지였다. 복수를 하는 길, 세상을 등지는 길, 변절해서 세상으로 나가는 길이었다. 『주신구라』에서 복수극을 펼치는 47명의 무사들은 복수를 택했고, 대부분은 세상을 등졌다. 역사적 사실로서 아코 사건에서, 아코 번의 무사들 208명 가운데 복수에 관련된 47명의 무사들을 제외한 대부분의 무사들은 낭인이 되어 세상 속으로 숨어버렸다. 나머지 사람들, 즉 『주신구라』속에서 오노 구다유와 오노 사다쿠로로 그려지는 인물들은 극히 예외적인 인물들이다.

5단에서는 먼저 오노 구다유의 아들 오노 사다쿠로의 죽음이 그려지고 있다. 그는 야마자키 가도에서 밤길에 돌아다니는 사람들의 돈을 뺏는 강도가 되어 있었다. 그가 강도질에 사용하는 칼은 무사로서 사용하던 도구였다. 그는 밤길에서 우연히 자기와 함께 엔야 한간의 무사로 일하던 간페이의 장인 요이치베를 만난다. 물론 서로의 신분을 알지 못한 상태였다.

사다쿠로는 요이치베가 40, 50냥이나 되는 꾸러미가 줄무늬 돈주머니 속에 있는 것을 알고 따라가서 그에게 돈을 빼앗고 목숨을 해친다. 그리고 요이치베의 시체를 발로 굴려 진흙투성이를 만들어 골짜기 밑으로 떨어뜨린다. 그렇지만 바로 그때, 사다쿠로를 멧돼지로 오인한 간페이의 총에 맞아 죽게 된다.

> "휴우, 위험했다." 이때 멧돼지의 뒷모습을 바라보고 있는 사다쿠로의 등골을 뚫고 두 개의 총알이 탁탁 하고 갈빗대를 뚫고 지나갔다. 비명을 지를 사이도 없이 화약에 그을린 것처럼 죽어버리는 사다쿠로의 최후가 참으로 통쾌하다.[94] (p.68)

우연성의 남발은 근대 이전의 문학의 특징이다. 따라서 사다쿠로가 간페이의 손에 죽는 장면은 사실성을 떨어뜨릴 수도 있다. 하지만 사다쿠로를 죽인 하야노 간페이가 가야노 산페이와 하시모토 헤이에몬을 합친 가공의 인물이라는 점을 감안하면, 사다쿠로라는 물욕에 가득 찬 인물의 죽음으로는 효과적인 장치이다.

실제 인물 가야노 산페이는 거사 전에 집에서 할복을 한다. 이러한 산페이는 『주신구라』에서 간페이라는 인물로 재창조되어, 엔야 한간의 가신 중에서 변절자로 전락한 사다쿠로를 죽이는 역할을 한다. 앞서 언급한 간페이는 바로 이러한 사건에 대한 판단 착오로 비극을 맞게 되고, 사다쿠로는 밤길에서 강도짓을 하다가 총에 맞아 죽는다. 『주신구라』에서는 사다쿠로의 죽음을 악업의 응보로 표현하지만 실제로는 사냥꾼이 다니는 한적한 밤길에서 강도짓을 하는 비극적 결함으로 인해, 멧돼지로 오인받아 죽는 것이다. 복수극을 펼친 47명의 무사들의 죽음이 의로운 것으로 평가받는 것에 비해, 사다쿠로

---

94) あはやと見送る定九郎が。背骨をかけて、どつさりと助へ抜ける二つ玉。うんともぎやつとも言ふ間なく。ふすぼりかへりて死したるは、心地よくこそみえにけれ。(p.70)

의 죽음은 물욕에 어두운 인간의 비참한 최후라는 인식을 얻게 된다.

사다쿠로의 아버지 오노 구다유도 비극적인 최후를 맞는다. 구다유는 자신의 주군이었던 엔야 한간의 원수 모로나오의 수하에서 생활하고 있다. 7단에서 구다유는 엔야 한간의 가로 유라노스케가 복수를 계획하고 있는지 살피기 위해 모로나오의 가신 반나이와 함께 유곽을 찾는다.

그때 유라노스케의 아들 리키야가 유라노스케에게 엔야 한간의 아내 가오요가 보낸 서찰을 가지고 온다. 유라노스케는 1층에서 편지를 읽고, 2층에서는 간페이의 아내 오카루가 거울에 비쳐서 편지를 훔쳐보고, 툇마루 밑에서는 구다유가 달빛에 비친 글씨를 읽는다. 그때 2층의 오카루가 비녀를 떨어뜨려서 인기척을 내게 되고, 유라노스케는 오카루가 편지 내용을 아는지 확인하게 된다.

유라노스케는 오카루가 편지를 읽었다고 생각하고, 그녀를 유곽에서 꺼내주겠다고 약속하고 사라진다. 그때, 오카루의 오빠인 아시가루(足輕) 헤이에몬이 나타나서, 편지 내용에 대한 해석은 물론, 유라노스케가 오카루를 죽일 것이라는 사실까지 알려준다. 그럴 바에야 자신이 직접 동생 오카루를 죽이겠다고 생각하는 헤이에몬 앞에 다시 유라노스케가 나타난다. 유라노스케는 그들 남매의 충성심을 칭찬하며, 툇마루 밑에 숨어서 모든 사실을 듣고 있던 구다유를 처단한다. 구다유는 물욕을 충족시키기 위해 주군의 원수 모로나오 수하에 들어가서 첩자 노릇을 하다 죽임을 당한다.

> 이 봐라. 헤이에몬. 아까 녹슨 칼을 잊고 두고 온 것은 이놈을 고통스럽게 천천히 죽이라는 신의 계시다. 빨리 죽이지 말고 고통을 주어라.[95] (p.110)

---

95) コリヤ平右衛門。最前錆刀を忘れ置いたは。こいつをば、なぶり殺しといふ知らせ。命取らずせ。苦痛させよ。(p.107)

구다유의 비극적 결함은 주군에 대한 기리를 지키지 못한 것이었다. 주군의 복수를 위한 거사에 참여하지는 못할망정, 주군의 원수의 첩자가 된 것은 『주신구라』 무사들에게 원한을 살 만한 일이었다. 그는 이러한 비극적 결함으로 인해 비극의 주인공이 되고 만다.

제2절 비극성의 은폐

『주신구라』는 독자나, 관객들에게 혼란을 주는 작품이다. 작가들이 의도적으로 비극인 내용을 비극으로 느낄 수 없게 만들어 놓았기 때문이다. 그래서 극의 형태상 비극인 『주신구라』에 대해서 독자들은 비극이라는 생각을 갖지 못한다.

이러한 사실은 『주신구라』를 읽거나, 관람한 뒤에 갖게 되는 감정을 통해서 알 수 있다. 『주신구라』의 사후감은 복수의 완성에서 오는 후련함[96]이다. 비극을 감상한 독자나, 관객은 비극적 현실 속에서 불행과 고통을 맞이한 작중 주동 인물의 운명을 통해 연민과 동정을 느껴야 한다. 그렇지만 『주신구라』에서는 작중 주동 인물들에게 이런 연민과 동정을 느끼는 대신, 복수를 완결할 때 탄성을 내지르며 환호하게 되는 것이다. 이런 형태의 작품에 대해서는 비극이라고 말

---

96) 서론에서 언급했듯이, 가토 슈이치는 『주신구라』에 관해 다음과 같이 설명하였다. "문제는 그 소속감의 멋짐, 매력이었으며, 단결된 집단이 추구하는 목표의 시시함은 아니었다. 목표는 한 사람의 사내의 개인적인 원망과 급한 성격에서 나온 것으로, 상대방 17명을 죽이고(기라를 포함하여) 다시 자신들 46명이 죽는 것이다. 그러나 누구도 그 목표를 묻지 않은 점. '47명의 무사'의 인기는 일본 사람이 목적을 묻지 않고 단결할 수 있는 능력을 갖추고 있는 한 무한히 이어질 것이다."라고 주장했다. 『주신구라』를 관람하거나, 읽고 나서 느끼는 감정이 복수의 실현에서 오는 호쾌함이라는 설명을 문학사 서설을 통해 밝혀놓으면, 이러한 감정은 사회적 고정관념이 된다. 『주신구라』를 관람하거나 읽으면, 관객이나 독자는 이러한 감정을 느껴야 하는 것이다. 가토 슈이치, 전게서, p.167.

할 수 없다.

역사적 사실인 아코 사건은 틀림없이 비극이다. 47명의 무사들이 주군의 복수를 갚고 나서, 전원이 할복을 했기 때문이다. 할복이라는 표현을 좀 더 쉽게 풀이하면, 권위자의 명령을 따르기는 했지만 자기 손으로 자기 목숨을 끊었다는 말이다. 주군의 복수에 가담한 무사들은 도주한 한 명을 제외하고 전원이 주군의 원수의 목을 베었던 것처럼 자신들의 목숨도 스스로 끊어 버렸던 것이다. 자신이 자신의 목숨을 칼로 끊는 일이 행복한 일이 될 수 있을까? 누구나 선뜻 할 수 있는 일이라면, 아코 사건은 결코 인구에 회자될 수 없었을 뿐만 아니라 『주신구라』라는 작품으로 승화될 수도 없었을 것이다. 자기 목숨을 스스로 제거하는 일이 쉽지 않기 때문에 사람들에게 주목을 받은 것이고, 그것도 46명이 한꺼번에 할복을 해서 문학 작품으로까지 발전할 수 있었던 것이다. 그런데도 독자나 관객은 이런 끔찍한 사건에 대해서 동정이나 연민과 같은 비감함을 느끼지 않는 것이다.

그 이유는 아코 사건을 원형으로 한 『주신구라』는 비극이 아니기 때문이다. 그렇다면 비극을 비극으로 느낄 수 없게 만드는 것은 무엇 때문일까? 이것은 크게 두 가지로 나누어 생각해 볼 수 있다.

첫째는 작품을 제작한 작가들이 작품 설정 과정에서 준비한 전략적 의도성 때문이다. 이 말은 작가들이 의도적으로 비극적 사건을 용맹한 무사들의 무용담으로 치환하는 전략을 썼다는 뜻이다. 전략적 의도성은 크게 네 부분으로 구분 지을 수 있다. 주제의 암시성, 비극적 결말의 생략, 작중 인물들의 영웅화 등이다. 다케다 이즈모를 비롯한 작가들이 제작한 『주신구라』는 이와 같은 장치를 바탕으로 작품군의 방향 설정에 지대한 영향을 끼친 작품이다. 따라서 독자나 관객들은 『주신구라』를 비극으로 이해할 수 없는 것이다.

두 번째는 작품을 이해하는 독자와 관객, 비평가, 그리고 새롭게『주신구라』관련 작품을 생산해내는 작가들 사이에 형성된『주신구라』에 대한 선입견 때문이다. 1703년 처음 아코 사건 관련 문예 작품이 등장하고, 다케다 이즈모를 비롯한 3인의 작가들이 합작한『주신구라』가 선보였던 1748년 8월 이후 거의 260여 년간『주신구라』작품군이 등장을 하는 동안,『주신구라』에 대한 일반적인 이해가 형성되었다. 기왕에 언급한 쓰보우찌 쇼요 식의『주신구라』이해 원리가 바로 그것이다. '기리와 닌죠의 갈등'으로『주신구라』이해의 틀이 형성된 이후, 모든 비평들은 이 원칙을 벗어나지 않고 있다. 그리고 새롭게 제작되는 작품들도 '기리와 닌죠의 갈등' 구조를 수호하는 것을 기본으로 하고 있다. 따라서『주신구라』관련 작품들은 제작하는 입장이나, 작품을 향유하는 쪽 모두 상호 간에 형성된『주신구라』에 대한 보편적 정서를 바탕으로 작품에 임하는 것이다.

1. 전략적 의도성

『주신구라』는 철저히 발단에서부터 결말에 이르기까지 계산되어 제작된 작품이다. 현대적 표현으로 설명하자면, 상업적 성공을 목적으로 창조된 문예 작품인 것이다. 실재했던 사건을 무대 위에 상연하기 위해서 이 작품을 만드는 동안, 다케다 이즈모를 비롯한 작가들은 47년 가까운 시간 동안 발표된 선행 작품들을 분석했을 것이다. 그리고 관객을 극장으로 끌어들이기 위한 가장 효과적인 방법들에 관해서 고민했을 것이다. 이러한 사실은『주신구라』라는 작품을 통해서 직접 확인할 수 있다.

역사적 사실을 예술 작품으로 승화시키는 과정에서 사용된 방법을 예술적 장치라고 말한다. 이러한 예술적 장치는 역사적 사실을 재

해석하고 가공하여, 특정 부분을 부각시키거나, 본래 사건의 핵심을 빗겨가게 만들거나, 전혀 다른 사건으로 재인식시키는 역할을 한다. 『주신구라』는 작가들의 전략적 의도성이 극대화된 예술적 장치들을 통해, 아코 사건이라는 비극을 충의에 가득 찬 무사들의 무용담으로 치환해 버린 것이다.

『주신구라』 속에 그려지는 등장인물들이 개인적으로 볼 때, 비극적인 인물들임에 틀림없다. 그들의 비극은 자신들의 원한관계가 아닌, 주군의 원한을 갚기 위해 복수를 벌였다가 전원 할복을 하고 만다는 점이다. 그들은 복수를 실현함과 동시에, 개인적으로는 비극을 맞이하게 되었던 것이다.

복수를 실현하면서, 그들은 그러한 개인적 운명으로부터 벗어나게 되어버린 것이다. 주군의 원수에 대한 복수가 그들의 공동의 목표일 수는 있었지만, 그들의 죽음을 통해 가족들은 슬픔에 잠기게 되었을 것이다. 뿐만 아니라 그들은 주군의 복수를 대신 하면서 성취감을 얻어냈다 할지라도 그러한 성취감이 할복을 하는 고통을 완화시켜주거나 이루지 못한 개인적 소망들에 대한 아쉬움을 완전히 제거해주지는 못했을 것이다.

그럼에도 불구하고 『주신구라』의 작가들은 이러한 무사들 개개인의 운명은 물론 무사들 전체가 복수극 뒤에 맞이할 운명에 대해서는 언급하지 않았다. 바로 그러한 이유 때문에 비극 아코 사건은 무사들의 영웅담 『주신구라』로 탄생될 수 있었던 것이다. 더 많은 관객들을 극장으로 끌어들이기 위한 작가들의 전략적 의도성은 다음의 세 가지 예술적 장치들로 요약할 수 있다.

1) 주제 의식의 암시성

『주신구라』의 다이조는 이런 오해를 야기하는 시발점이다. 이것을 작가들이 『주신구라』의 독자와 관객들에게 혼돈을 주기 위한 첫 번째 전략적 의도성이다. 극의 시작 전에 다음과 같은 해설자의 말이 먼저 관객을 찾아간다.

> '산해진미가 있어도 먹어보지 않으면 그 맛을 모른다'라는 말이 있다. 나라가 평온하여 훌륭한 무사의 충성이나 무용이 드러나지 않는 것은, 비유하면 별이 낮에는 보이지 않다가 밤이 되면 흐드러지게 나타나는 것과 같다. 그러한 이야기를 여기에 알기 쉽게 써보고자 한다.[97] (p.11)

극의 시작과 함께 전해지는 이 말을 통해서, 독자들은 『주신구라』가 훌륭한 무사들의 충성과 무용을 소개하는 작품이라는 편견을 우선 갖게 된다. 제목에서부터 이미 본받을 만한 이야기라는 느낌을 강하게 전해준 『주신구라』는 충신들의 이야기이라는 해설자의 말이 다시 한 번 전해지는 것이다. 관객들의 심리 속에 『주신구라』는 충신들의 무용담으로 각인되는 것이다.

주군의 입장에서는 비록 47명의 무사들이 주군의 원수를 갚는 충직한 인물들일지 모르지만 그들이 맞이할 상황은 복수 뒤의 죽음이라는 비참한 상황인 것이었다. 현대 사회에서도 타인을 죽이는 행위는 극형에 처할 범죄이다. 무사도를 바탕으로 주군에 대한 충성을 권장하는 근세시대였지만, 방어 상태가 아닌 타인을 죽이는 행위는 일종의 범죄행위임에 틀림없다.

그럼에도 불구하고 작가들은 『주신구라』는 복수를 결행한 무사들

---

97) 嘉肴ありといへども、食せざればその味はひを知らずとは。国治つてよき武士の、忠も武勇も隠るゝに。たとへば星の昼見えず、夜は亂れてあらはるゝ。ためしをこゝに仮名書きの太平の代の。まつりごと。(p.13)

의 입장에 정당성을 부여하며 이것이 영웅담이 될 것이라는 편견을 이야기의 시작부터 강력하게 심어주고 있는 것이다. 따라서 독자와 관객들은 『주신구라』의 시작에서부터 이 작품은 영웅담이며, 무사들의 행위는 정당한 행위였다는 결론을 가지고 작품에 몰입하게 된다. 결론이 미리부터 제시된 이러한 상황은 결국 독자나 관객들에게 의도된 감동을 제공할 뿐이다. 일반적으로 문예 작품을 통해서 독자나 관객들은 자기 스스로 느낀 감정에 충실해서 감동하게 된다.

그렇지만 『주신구라』와 같이 결론이 제시된 작품에 독자나, 관객이 취할 수 있는 태도는 두 가지뿐이다. 첫째는 작가의 의도에 동의하는 것이고, 둘째는 작가의 의도에 반대하는 것이다. 그런데 아코 사건이 발생하고 다케다 이즈모를 비롯한 작가들이 『주신구라』라는 작품 형태를 창작한 이후 260여 년간 작품이 지속되었다는 사실은 작가들의 의도성대로 작품이 해석되었다는 이야기밖에 될 수 없다. 『주신구라』의 성공은 작가들의 의도성의 효과적 정착인 셈이다.

다이조는 실재 아코 사건과 결부시켜 볼 때, 1702년 12월 14일에 자행된 아코 사건의 발단이 된 1701년 3월 14일 에도 성 칼부림 사건의 원인을 묘사하는 상황이다. 작가들은 계속해서 무사들의 충성과 무용을 암시하는 대목들을 소개하고 있다. 모로나오가 모모노이에게 하는 말에서도 47명의 무사에 대한 언급이 등장한다. 물론 여기에 등장하는 47명의 투구의 주인은 자기를 죽이러 찾아올 무사들을 의미하는 것은 아니다. 하지만 작가들은 47명이라는 숫자를 강조하고 있다.

'아니 이 모로나오에게 경솔하다니, 이런 주제 넘은 자를 보았나! 요시사다가 전사할 때는 머리가 마무 풀어져 있었고, 시체 곁에 흩어져 있던 투구의 수는 마흔 일곱 개나 된다. 어느 것이 누구 것인지 구별할 수도 없다. 아마 이것일 것이라고 생각해서 봉납한 뒤에 다른 사람의 것으로 판명된다면 커다란 수치가 아닌

가. 흥. 애송이 주제에 묻지도 않은 의견을 늘어놓다니 물러나 있거라!'98) (p.13)

작가의 의도성은 1단 맨 마지막 부분에서도 다시 한 번 유감없이 드러난다. 실제 아코 사건에서 47명의 무사들은 소방복을 입고 거사에 참여했었다. 그 이유는 소방복이 민첩한 행동에 편리한 복장이었고, 화재가 많았던 에도에서 남의 주목을 덜 받을 수 있었기 때문이다. 처음에 논란이 되었던 47개의 투구가 1단 후반부에서 거사에 나설 무사들이 착용할 것임을 암시할 도구로 사용된 것이었다.

> 요시사다의 용 투구를 비롯하여 창고에 보관된 투구는 이로하나의 글자 수와
> 같은 마흔일곱 개였다. 지금은 이런 전투용 투구를 소방용 두건으로 쓰는 태평한
> 시기이다.99) (p.18)

전기체 소설이 근대 소설과 차별화된 가장 큰 특징은 우연성의 남발이다. 요시사다와 함께 죽은 무사들의 투구가 하필 47개라는 사실은 마치 무사들의 행동을 운명적인 사건처럼 느끼게 만들어 준다. 47명이 하나가 되어 일으키는 거사는 항상 영웅적 사건이라는 편견을 심어 줄 뿐이다. 이야기의 도입 부분에서 '산해진미'를 운운하며 독자와 관객들에게 영웅담을 소개할 분위기를 조장했던 작가들은, 복수의 대상인 모로나오의 입을 통해서 자신을 죽인 인물들의 행동에 찬사를 보내는 태도를 취하게 한다. 칼에 맞아 죽는 사람마저도 죽인

---

98) イヤア師直に向つて卒爾とは出過ぎたりと。義貞討ち死にしたる時は大わらは。死骸のそばに落ち散つたる兜の數は四十七。どらがどうとも見知らぬ兜。さうであらうと思ふのを。奉納したそのあとで、さうでなければ大きな恥。生若輩ななリをして、お尋ねもなき評議。すつこんでおゐやれと、御前よきまゝ出るゝに。(p.14)

99) 人の兜の竜頭、御蔵に入るゝ数々も。四十七字のいろは分け、かなの兜をやはらげて。兜頭巾の綻びぬ。国の。掟ぞ久方の。(p.20)

사람들의 집단행동이 옳았다는 발언을 하게 하는 것이다. 그리고 1 단 맨 마지막에 그러한 거사는 마치 운명적으로 하늘이 결정지어 놓은 듯한 사건임을 암시하며 감정적으로 긴장감을 고조시키고 있는 것이다.

일반적으로 모든 이야기의 도입부분이 사건의 발생, 상황에 발단에 초점을 맞추는 것에 비추어 볼 때,『주신구라』의 1단은 지나치게 강력한 작가의 의도성이 개입된 인상을 심어주고 있다. 1단에서 소개된 상황을 수용하지 못하는 독자나, 관객은 더 이상 2단으로 의식을 옮길 수 없다.『주신구라』가 계속 해서 성공해왔다는 것은 이러한 1단의 상황을 일본 국민들이 계속해서 동의해왔다는 것을 의미한다.

2) 작중 인물들의 영웅화

『주신구라』에 등장하는 무사들은 한결같이 복수에 대한 강력한 의지를 표명한다. 오노 구다유와 사다쿠로 부자와 같이 처음부터 복수에 가담할 의사가 없었던 이들을 제외하고는, 어느 누구도 복수를 주저하지 않는다. 일반적으로 문예 작품에서는 작중 주동 인물들의 내적 갈등들이 빠짐없이 등장한다. 하지만『주신구라』에서는 작중 주동 인물들이 복수를 하느냐, 마느냐에 대한 갈등 없이, 처음부터 결정했던 복수에 대한 의지를 끝까지 관철해 나간다.

『주신구라』는 따라서 엔야 한간의 죽음이 발단이 되어, 복수에 대한 의지를 가진 무사들이 복수를 준비하다, 야마가와야 기헤이 같은 주변 인물들의 도움을 받아 복수에 성공하는 결말을 갖고 있다. 중간 중간에 끼어든 이야기들, 가령 하야노 간페이의 죽음이나 가코가와 혼조 유키쿠니의 죽음, 오노 구다유 부자의 죽음 등이 복잡하게 전개되지만 결국은 그러한 상황이 47인의 무사들의 복수를 방해하는 요소로 작용하지는 않는다.

『주신구라』는 무사들의 복수라는 이야기 구조 속에 잡다한 주변 이야기들을 많이 집어넣어서 복수의 과정에서 갈등 구조가 생략되어도 관객이나, 독자들이 알아챌 수 없게 구성되어 있다. 『주신구라』 속에 잡다한 주변 이야기가 첨가된 것은 『주신구라』의 서술 방식의 결함을 포장하기 위한 기법이다. 앞서 언급한 중간 중간에 끼어든 이야기들은 오히려 서술 방식으로서 완전한 갈등 양식을 가지고 있다.

장인 요이치베를 죽인 것이 자신이라는 착각을 한 간페이가 장모에게 이야기를 하지 못하고 갈등하는 장면이 있다. 그리고 그 갈등의 해결 방법으로 할복을 택하는 것이다. 혼조의 할복도 마찬가지이다. 혼조는 자기 딸 고나미와 유라노스케의 아들 리키야의 혼사를 완성시키는 과정 속에서, 유라노스케의 주군 엔야 한간의 복수를 이루지 못하게 가로막은 책임에 대한 부담을 고백한다. 그 과정으로 그는 리키야의 창에 찔려 죽는 갈등 해소 방식을 선택했다. 이러한 이야기들은 나름대로 각자 완벽한 서술 양식을 통해서 『주신구라』의 허약한 서술 구조를 보완하고 있는 것이다.

복수의 실현에 대한 갈등이 없는 무사들은 그렇기에 인간미가 없다. 죽음을 두려워하고, 죽음 뒤의 상황을 염려하는 평범한 인간이 아니다. 그래서 그들은 범인이 아닌, 영웅의 모습으로 나타난다.

> "아내를 버리고 자식과 헤어지고 늙으신 부모님과 여의었던 것도, 이 목 하나를 보기 위해서였다. 오늘은 이루 말할 수 없이 기쁜 날이다!"[100] (p.164)

복수를 마친 무사들은 죽음이 두렵지 않은 양, 오히려 기뻐하고 있다. 이 장면에서 무사들은 원수라 하지만 사람을 죽인 상황이다.

---

100) 妻を捨て、子に別れ、老いたる親を失ひしも。この首一つ見んためよ。今日はいかなる吉日ぞと。(p.158)

그리고 그 살인으로 인해 죽음을 당할 수 있는 처지였다. 그런데도 그들은 당당할 뿐만 아니라 오히려 기뻐하고 있다.

관객들은 이렇게 흐트러짐 없는 무사들의 모습을 통해서 그들의 행위에 대해 정당성을 부여하게 되고, 무사들을 영웅적 시선으로 바라보게 된다. 따라서『주신구라』는 비극으로 느낄 수 없는 것이다.

3) 비극적 결말의 생략

『주신구라』의 결말은 복수를 마친 무사들이 모로나오의 가신 야쿠시지와 사기사카 반나이를 처단하는 것으로 맺고 있다. 그들은 주군의 원수는 물론, 원수의 가신들까지 처단한 것을 서로 칭찬하고 있다.

> "큰 공이다. 큰 공을 세웠다." 모두가 칭찬을 아끼지 않았다.[101] (p.167)

무대 위에서 전개되는『주신구라』의 끝 장면은 이와 같은 서로 찬사를 나누는 것이다. 그 다음 대목은 무사들의 자찬과 함께 가타리테의 찬사이다.

> 후세 후대까지 전해지는 이 의사(義士)들의 이야기, 이것이야말로 실로 천황의 치세가 계속되는 것처럼 길이 남을 것이다.[102] (p.167)

실제 아코 사건에서의 결말은 46명의 무사들이 전원 할복을 하는 것으로 끝이 났다. 정오에 시작한 할복이 오후 5시가 되어야 끝이 났다는 것을 보면, 맨 마지막에 죽은 무사는 45명의 할복을 지켜본 뒤에 죽은 것이다. 죽을 때 사람의 모습이『주신구라』마지막 장면에

---

101) オ、手柄へと稱美の言葉。(p.161)
102) 末世末代傳ふる義臣、これもひとへに君が代の。久しきためし竹の葉の榮えを、こゝに書き残す。(p.161)

서처럼 기쁨에 들떠서 서로를 칭찬할 수만은 없을 것이었다. 그런데도『주신구라』는 이러한 무사들의 최후의 순간을 기록하지 않았다.

만약『주신구라』가 46명 무사들의 할복을 끝 장면으로 했다면, 결코 이 작품은 흥행에 성공하지 못했을 것이다. 46명의 무사가 죽는 장면을 사실적으로 묘사하면, 어느 누구도 돈을 내고 죽음의 잔치에 참여하지 않을 것이기 때문이다. 그것이 순간적으로 인기를 얻을 수 있었겠지만 무사들의 죽음에 사실성이 더해지고, 점점 기교가 더해진다면 관객들이 갖는 사후감은 통쾌감이 아니라 비장감이 된다.

『주신구라』의 성공의 비결은 바로 비장감을 감춘 통쾌감의 전달이었다. 원수를 갚기 위해 47명의 무사가 복수를 하고, 그중 46명이 할복을 했다는 사실은 역사적 사실일 뿐,『주신구라』는 47명의 무사가 복수를 성공했다는 것에만 초점을 맞추고 있다. 그래서『주신구라』는 비극적 사실을 원용했음에도 불구하고, 절대 비극이 되지 않았던 것이다.

2.『주신구라』에 대한 범사회적 고정관념

『주신구라』는 지난 300년간 아코 사건의 본질을 희석하는 작업을 해왔다.『주신구라』는 무사도라는 전제하에 이루어진 집단 복수극을 누구나 따라야 할 영웅담으로 미화시킨 것이다. 이러한 작업은 세 가지 과정을 통해 이루어졌다.

첫째는 주신구라모노의 창작자들의 작업을 통해서 이루어졌다.『주신구라』 이후 발표된 주신구라모노의 창작자들은 지속적으로 무사들의 행위에 정당성을 부여해 왔다. 무사들이 벌이는 살인행위를 지극히 당연한 행위로 느껴지게 만들어 놓았다는 말이다.

『주신구라』는 상업적 성공을 위해 관객을 의식하고 제작된 무대

예술이었다. 관객들이 닌교조루리, 가부키를 보러 와서 느낄 수 있는 쾌감은 비극적 정서보다는 호쾌한 영웅담 쪽이 강하다. 따라서 작품의 상업적 성공을 위해 47명의 무사가 목숨을 걸고 복수를 완수했다는 결론까지만 보여주는 것을 목표로 했다. 만약 역사에 충실해서 복수에 참여한 무사들이 전부 할복을 해서 죽었고, 가문은 폐문되었다는 사실이 결론이 되면, 『주신구라』는 지금까지 흥행 불패의 신화를 이어오지 못했을 것이다. 바로 그러한 이유 때문에 『주신구라』는 무사들의 행위에 정당성을 부여하며 아코 사건의 본질을 희석하는 작업을 해왔던 것이다. 다시 말해 무사들의 행위에 대한 정당성을 부여하기 위해 죽어야 할 사람을 죽인 것으로 상황을 만들었던 것이다.

하지만 사람이 사람을 죽이는 일에 대해서는 어떠한 경우에도 정당성이 부여될 수 없다. 그럼에도 불구하고, 『주신구라』를 관람한 관객들은 무사들이 모로나오를 죽일 때는 박수를 치게 된다. 그의 가신 야쿠시지와 사기사카 반나이를 처단할 때는 잘했다고 고함을 치게 된다. 그러나 무사들의 할복 장면을 상연할 때도 관객들이 박수를 치며 잘했다고 외칠 수는 없을 것이다. 사람이 죽어가는 장면에서 희열을 느낄 수 없기 때문이다.

전 세계적으로 살인의 장면이 등장하는 문예 작품은 셀 수 없이 많다. 사람을 죽이는 극한의 방법은 인간 사회에서 빼놓을 수 없는 비극이기 때문이다. 모로나오가 엔야 한간에게 수치심을 주었다고 하지만, 그런 상황은 언제, 어디에서나 가능한 상황이다. 『주신구라』의 본질은 성질 급한 주군 엔야 한간이 수치를 못 견디고 모로나오를 죽이려다 실패하고, 그의 가신들은 원수를 갚고 전원 할복자살을 하는 것이다. 47명의 무사가 한 명을 죽이기 위해서 칼을 들고 나가는 것이 과연 영웅적인가 하는 질문을 던질 수 없는 이유는 무사들

의 원수 모로나오가 이미 파렴치한으로 그려져 있기 때문이다.[103]

주신구라모노의 작가들은 이와 같이 체계적으로 비극을 영웅담으로 만들어 왔다. 『주신구라』에서 그랬던 것처럼, 극의 시작과 함께 충신들의 이야기라고 강조를 하고, 결코 흔들림 없는 무사들의 태도를 통해 그들이 옳은 일을 한다고 믿게 만들며, 무사들이 죽는 장면을 소개하지 않음으로써 극을 복수의 실현 단계에서 멈추면서 비극적 의미를 영웅담의 의미로 재생산해 냈던 것이다. 즉, 주신구라모노의 작가들은 바로 이러한 의미화 작업을 통해서 집단 복수극을 지난 250여 년 동안 영웅담으로 미화시켜 왔던 것이다.

둘째는 주신구라모노에 대한 비평가들의 작업을 통해서 이루어졌다. 그들은 『주신구라』에 대한 독해 방식으로 '기리와 닌죠의 갈등'을 내세웠다. 이러한 독해 방식은 세대를 이어오면서 점점 이념화되고, 체계화되었다.[104]

그러한 이유로 일본 사회는 아코 사건과 『주신구라』에 대해서 비극적 입장을 취하지 않게 되었다. 비평가들이 주목한 것은 복수의 완수였다. 일본 국사 교과서들조차 무사들의 복수가 무사도를 완수하기 위해서 이루어진 행위였다는 설명을 하고 있다. 일본인들 사고의 저변에 무사들은 무사로서의 임무를 완수한 것이고, 그들에게는 행위의 선악에 대한 문제는 물어서는 안 되다는 사고를 고착시키고 있

---

103) 엔야 한간이 모로나오에게 치욕을 느끼는 장면을 위해, 실제 사실과 상관없는 장면들 첨가되기까지 했다. 복수를 완수한 무사들의 행위의 정당성을 위해 엔야 한간이 벌인 칼부림이 당연한 것처럼 상황을 만든 것이다.

104) 지카마쓰 몬자에몬을 비롯해서, 근세 문학의 독법을 '기리와 닌죠의 갈등'으로 요약한 것은 쓰보우치 소요이다. 메이지 20년 무렵부터 유럽의 문예 비평을 바탕으로 근세극의 인물 성격, 심리 분석을 연구한 그는 와세다대학 출신자를 중심으로 지카마쓰 겐큐카이(近松硏究会)를 결성, '기리와 닌죠'에 대한 연구를 심화했다. 결국 근세 문학은 20세기에 들어와서 근대와 현대적 시각에서 독법이 설정된 것이고, 이러한 연구 결과는 일본 근세에 대한 국문학, 국사학 연구의 방향을 정립하게 된 것이다.

는 것이다. 『주신구라』를 비극으로 보지 않는 사회적 분위기 아래에서는, 감히 다른 목소리를 낼 수가 없다.

이러한 사회적 고정관념의 형성에는 일본의 국문학자들도 일조했다. 그들은 지카마쓰 몬자에몬(近松門左衛門)의 닌교조루리[105]를 시작으로, 『주신구라』를 포함한 일본의 근세극 전반의 갈등 구조를 '기리와 닌죠의 갈등'으로 분석한다. 이러한 독법은 근세 일본 문예 작품은 '기리와 닌죠라는 갈등' 구조를 갖고 있는 작품들이라는 전제를 바탕으로, 『주신구라』를 그 흐름 속에서 이해하게 만든다.

그러나 민주주의 이념을 완성시킨 서구 문예와 철학 사상에 근거해볼 때, '기리와 닌죠의 갈등' 구조는 근본적으로 문제점을 가지고 있다. 공적 윤리인 기리를 완수하기 위해 사적 윤리인 닌죠를 희생하는 것은 도저히 용납하기 힘든 상황이기 때문이다. 공공의 선을 훼손하지 않는 상황이라면 어떠한 상황에서도 개인의 행복추구권과 기본권은 반드시 지켜져야 할 최우선적 가치이다.

물론 절대 왕정시대(absolute monarchy)[106]가 서구에서도 존재했던 것은 사실이다. 군주가 국가와 동일시되던 서구 중세 사회라면 기리를 완수하기 위해 닌죠를 희생하는 근세 일본의 무사관이 설득력을 가질 수 있다. 그러한 사회라면 국왕을 위해서 무사가 목숨을 바치는

---

105) 일본의 문학 교과서에는 지카마쓰 몬자에몬의 문학을 설명하면서, 그의 문학이 기리와 닌죠의 갈등을 취급하고 있다고 설명한다. 中村秀眞, 『解說 日本文学史』(桐原書店, 2004), pp.114-115.
소네자키신주(曾根崎心中)에서 시작된 기리와 닌죠의 갈등은 그의 여타의 작품들에도 지속적으로 반복되고, 근세 문학 전체에 영향을 끼쳤다. 이러한 내용은 『シグマ 新日本文学史』(文英堂, 2000), pp.125-126와 『新編 日本文学史』(第一学習社, 2006), p.121에도 실려 있다.

106) 군주가 국가통치의 모든 권력을 장악하고 중앙집권적 관료기구·군·경찰을 지주(支柱)로 하여 전제지배를 강행하는 정치체제. 오랫동안 동양 여러 나라에서 행해졌던 아시아적 전제, 혹은 17~18세기 절대주의시대의 유럽 여러 나라에서 행해졌던 군주제에서 찾아볼 수 있다.

것은 지극히 당연한 일이기 때문이다.

그렇지만 이러한 서구 사회에서조차 개인의 생명을 국가를 위해서 바치는 것을 찬양하는 분위기는 아니었다. 무소불위의 절대적 권한을 행사한 왕정에 반발하며 시민혁명(bourgeois revolution)[107]이 일어난 것이 이러한 사실을 입증한다. 국가와 동일시하던 국왕을 위해 국왕의 신민이 희생하며 봉사하는 예는 틀림없이 있었을 것이다. 그러나 시민혁명의 발생으로 정착되는 서구의 민주주의 사상은 이러한 신민의 희생과 봉사의 가치를 비중 있게 취급하지 않았고, 서구 문예 작품 속에서 그 흔적을 깊이 찾아볼 수 없게 만들었다. 따라서 공적 가치를 완수하기 위해 사적 가치를 훼손한 '기리와 닌죠의 갈등' 구조는 근대 서구 사회를 거쳐 형성된 보편적 기준으로는 쉽게 납득하기 어렵다고 말할 수 있다.[108]

셋째는 일본의 전통적 사생관(死生観)을 중심으로 『주신구라』를 이해하는 대중에 의해서 이루어졌다. 닌죠를 극복하고 기리를 완수하는 데 사용된 할복이라는 극단적 자살도 인류 사회가 보편적으로 받아들이기 힘든 일본 사회만의 문화 현상이다. 자살에 대한 연구를 수행했던 프랑스 사회학자 에밀 뒤르켐은 자살의 양태를 크게 세 가지로 분류했다. 그는 자살을 이타적 자살, 이기적 자살, 아노미적 자

---

107) 시민혁명의 주체는 부르주아, 즉 자본가 계급이었다. 1648년과 1688년 영국의 시민혁명, 1789년 프랑스혁명은 대표적인 예이다. 시민혁명이 성공한 곳에서는 자본주의가 신속히 발달하였을 뿐만 아니라 시민적 자유가 확립되어 민주주의의 기초가 완성되었다.

108) 20세기 초반 제국주의로 국가 이념이 설정된 이후, 일본 사회는 약육강식 등의 이론들이 수용되어 현실에 반영되었다. 근세 문학에 대한 독법인 '기리와 닌죠'도 바로 이러한 제국주의 시대에 정착된 것이다. 일본 제국주의에 대한 회의와 반성이 제기되고 있지만, 일본 사회가 근본적으로 제국주의의 오류에 대해서 시인할 수 없는 것은 당시에 정립된 사회 문학적 연구방법론 자체에 대한 검증이 이루어지지 않고 있기 때문이다. 일본 현대 사회의 기본 이념을 규정하는 원리들은 근대 시대, 제국주의의 완성을 위해 이루어졌으므로, 일본 사회는 제국주의 시대에 성립된 이론들에 대한 오류에 대한 시인 인본주의적 입장에서의 재해석 없이는 인류 공영의 세계주의로 발전하기 어렵다.

살로 나눴는데, 그의 분류방식에 따르면 일본 무사들의 할복은 이타
적 자살에 해당한다.[109]

　일본 사회에서 할복은 의로운 죽음으로 규정하고 있지만, 궁극적
으로 자살은 고의로 자신에게 부과한 죽음일 뿐이다. 생명체는 생존
을 목적으로 하고 있기 때문에 생명체의 본성을 무너뜨리는 행위인
자살은 자연의 법칙에 대한 도전이다. 기본적으로 심한 좌절감과 극
도의 절망감으로 인해 비롯되는 자살은 어떠한 경우에도 합리성이
인정될 수 없다. 할복으로 축약되어 표현되지만, 할복은 궁극적으로
할복자살을 의미한다. 만약 할복을 일본의 고유한 문화형태로 인정
하거나, 이러한 상황이 발생한 사건이나, 문예 작품의 가치를 일본
정신을 고양한 문화적 특수성으로 인정하는 분위기가 지속된다면,
일본은 결코 보편적 가치관을 가진 사회로 진입하는 데 어려움을 겪
을 수 있다.[110]

　그렇지만 정작 일본 사회 내부에서도 자살은 특별한 상황이다. 만
약 현대 일본 사회에서 전통적 '기리와 닌죠의 갈등' 구조가 지속되
고, 할복자살이 진행된다면, 일본은 세계 자살률 1위가 되어야 한다.
하지만 현대 일본 사회에서 '기리와 닌죠의 갈등'으로 인해 할복자
살을 선택하는 사람이 많지 않다는 것은, 일본의 전통적 사생관의 표
현 방식인 할복자살이 보편적 인간 심성에 일치하는 행동이 아니라
고 하는 것을 보여주는 단적인 예가 된다.

---

109) 宮島橋, 『デュルケム自殺論』(有斐閣, 1979), p.217.

110) 47명의 아코 무사들이 목표의 정당성을 묻지 않고 복수를 실현하고, 할복을 한 것에 대
해 정당성을 인정한다면, 히틀러가 독일의 세계 정복에 장애가 되는 유태인을 죽이고,
프랑스인을 죽인 다음, 결국 권총 자살을 하는 것도 의로운 죽음으로 이해해야 한다.
그렇지만 히틀러가 저지른 범죄에 대해서, 독일은 전후 60년이 지난 지금까지도 책임을
인정하고 있고, 히틀러의 죽음을 의로운 죽음으로 평가하지 않고 있다. 이러한 독일의
태도는 일본의 태평양 전쟁에 대한 입장과 차별된다.

현대 일본 사회에서도 자살은 생명체의 본질을 훼손하는 죽음의 형태로 인정하면서도『주신구라』가 '기리와 닌죠의 갈등' 구조를 가진 고전이라는 사실에 동의하고 있을 뿐만 아니라, 할복을 의로운 죽음으로 찬양하고 있다.

보편적인 현대 사회에서 용인하지 못할 제한된 사회의 특수한 문화 형태를 용인할 수 있다. 그것을 문화적 특수성이라고 한다. 그러한 특수성이 이해되는 것은 인간 본성을 훼손하지 않는 경우에 국한된다.111) 하지만 이러한 행동들을 인류가 추구해야 할 보편적 가치로 보지 않는 것은 문화 행위의 중심에서 인간성이 소멸되었기 때문이다.

그러나 여기에서 주목할 점이 있다. 할복을 의로운 죽음이라고 여기는 일본인의 전통적 사생관을 수용한다고 해도, 할복 명령을 수용한 엔야 한간과 46명의 무사들의 죽음에 대해서는 문제가 발생한다는 사실이다. 엔야 한간과 무사들에게 부여된 할복의 의미가 과연 무엇 때문이었느냐는 점 때문이다. 실제 아코 사건에서는, 주군 아사노가 기라를 죽이려다 실패해서 할복을 맞이하는 상황에서, 아사노는 물론, 그의 무사들 모두가 자연스럽게 할복 명령을 받아들인다.『주신구라』4단에서도 이런 상황은 고스란히 나타난다. 무사들은 전부 주군에게 할복을 명한 쇼군과 바쿠후의 권위를 인정하고 있는 것이다. 이 말은 무사들 모두가 주군의 죽음이 정당한 행위에서 비롯된 것이 아니라는 사실을 인정하는 것이다. 만약 무사들이 주군의 할복을 수긍할 수 없는 상황이었다면, 쇼군과 바쿠후의 결정에 항명을 하거나 할복 명령을 거부했어야 했다.

---

111) 아프리카 부족들이 무사들의 용맹성을 과시하기 위해 신체의 일부를 자르거나 고대 아라비아와 이집트 동아프리카 국가에서 행해졌던 여성의 할례가 문화적 특수성으로 인정된다. 그렇지만 보편성까지 획득했다고 할 수는 없다.

무사들이 할복 명령을 수용한 것은 그들 스스로 자신의 주군과 자신들이 저지른 행위가 모두 불법 행위라는 사실을 인정하고 할복을 받아들인 것이다. 바쿠후의 입장에서 할복을 명령한 것은 그들의 무사정신을 칭찬한 것이지[112], 그들의 행위가 정당했다고 인정한 것은 아니었다. 그들의 행위가 정당했다고 판단했다면 결코 할복 명령을 내리지 않았을 것이기 때문이다.

따라서 아코 사건에서 무사들이 맞이한 할복은 자발적 의사를 지닌 자살이 아니라, 불법행위에 대한 처벌적 의미가 강했다. 아코 사건은 명백한 범죄행위였다. 주군의 원수를 갚기 위해서 복수를 한 행위에 대한 단죄행위였다. 따라서 형식적으로는 자기 스스로 자신의 목숨을 끊고 있었지만, 내용적으로는 바쿠후가 사형을 언도한 것이므로 사형을 당한 셈이다.[113]

아코 사건을 저지른 무사들이나, 이 사건을 작품으로 만든 『주신구라』의 무사들이나, 모두 자신들에게 할복을 명한 바쿠후에 대한 항명 의지를 보이거나, 할복 명령을 거부하지 않는다. 즉, 무사들 스스로 바쿠후의 권위와 쇼군의 결정에 승복한 것이다. 이것으로 미루어 보면, 무사들 주군의 행위가 불법 행위임을 인정하는 것이었다. 『주신구라』의 어느 대목에는 무사들이 주군에게 할복한 바쿠후를 비난하거나, 쇼군에게 저항감을 드러내는 부분이 없다. 재판부나 피의자 모두 행위의 불법성을 확인한 것이다.

그런데 그럼에도 불구하고 이러한 아코 사건을 소재로 한 『주신구

---

112) 바쿠후가 『주신구라』 무사들에게 할복을 명한 것은 비록 그들의 행위가 범죄임에는 틀림없지만, 무사로서의 역할을 감당하겠다는 사명감 때문이었다는 점을 인정한 것이었다. 다시 말해서, 그들을 범죄자임에도, 무사로 죽을 기회를 준 것뿐이다.

113) 주군에 대한 기리를 지키기 위해 무사들이 닌죠를 이겨내는 것을 찬양한다면, 일본의 조직 폭력배가 보스의 원수를 갚기 위해 무장 난동을 벌이고 죽음을 맞아도 할복만 하면 의로운 죽음으로 이해해도 좋다는 논리가 성립된다.

라』는 일본인들의 열렬한 환호를 받는다. 일본인들이 주목하는 것은 행위의 정당성과 부당성의 문제가 아니라, 집단으로 뭉쳐서 복수를 해냈다는 사실뿐이다. 행위의 정당성을 외면하는 일본 사회의 분위기는 『주신구라』를 불후의 명작으로 만들고 있다. 가토 슈이치가 『주신구라』에 관해 언급하면서, 목표를 묻지 않고도 단결할 수 있는 힘을 가지고 있는 일본인이라고 표현한 말의 상징성을 이해할 수 있는 대목114)이다.

『주신구라』는 바로 이와 같은 주신구라모노의 작가들, 비평가들, 대중에 의해서, 비극이 아닌 영웅담으로 지난 250여 년간 일본 사회 속에서 존속되어 왔던 것이다.

---

114) 서론에서 언급했던 주석의 재인용. 일본 최고의 지성인 가토 슈이치의 명저 『일본문학사서설』에 드러난 주신구라에 대한 설명은 일본 사회에 편만한 주신구라의 독법을 보여주는 단초라고 말할 수 있다. 주신구라에 대한 일본 사회의 의식변화는 일부 학자들의 의견 개진이나 입장정리가 아니라, 이와 같은 문학사 개론이나 문학 서설 등의 입장 변화로 파악할 수 있다. 가토 슈이치, 전게서, p.167.

Ⅲ
결 론

아코 사건은 세계에서 유례를 찾기 힘든 독특한 문예 소재이다. 주군을 위해 무사들이 목숨을 걸고 복수를 한다는 예는 세계 역사에서 자주 볼 수 있는 내용이지만, 복수에 나선 무사들 전체가 전부 할복으로 죽는 경우는 흔하지 않다. 할복이라는 제도를 가지고 있는 일본 사회이기 때문에 죄인이 스스로 자신의 목숨을 끊을 수 있었던 것이다.

아코 사건을 일으킨 무사들은 할복이 가지고 있는 개념에 따라서 의로운 죽음을 맞이한 것이라고 일본 사회는 말할 수 있지만, 당시 그들에게 그러한 처벌을 내린 바쿠후의 입장에서 볼 때나 일본을 제외한 국가의 국민들의 입장에서 보면, 그들은 집단 복수를 저질러 법적 처벌로 사형을 받은 범죄인들이다. 무사들의 의기와 용맹성은 인정할 수 있지만 그들이 저지른 범죄 행위만큼은 도외시 할 수가 없는 것이다. 바로 그들의 죽음은 그들의 범죄 행위에서 기인했기 때문이다.

이러한 역사적 사실은 작가들의 상상력을 불러일으킬 좋은 소재가 되었다. 당시의 대중 사회는 이미 피해자 쪽보다는 오히려 피의자들인 무사들의 입장에 서 있었기 때문이다. 실제 사건의 피해자의 존재는 이미 사라지고, 복수에 나선 피의자들이 오히려 약자의 입장처럼 여겨지고 피해자라 변모해버린 것이다. 일본인들은 이것을 '약자 편들기'라고 설명하고 있는데 이 사건의 진정한 약자는 두 번이나 칼부림을 당해서 죽음에 이른 원래의 피해자 쪽이었다.

그럼에도 불구하고 아코 사건이 대중의 관심을 모은 이유는 무사들의 행위 동기인 무사도와 행위 결과인 할복 때문이다. 만약 무사들이 맞이한 최후가 할복이 아니라 범죄 행위에 대한 용서였다면, 아코 사건을 소재로 한 문예 작품은 지금과 같은 지속적인 관심을 가져오며 명맥을 유지하지는 않았을 것이다. 무사들이 맞이한 비극적 최후가 바로『주신구라』와 주신구라모노의 성공요인으로 자리 잡은 것이다.

『주신구라』의 작가들인 다케다 이즈모, 미요시 쇼라쿠, 나미키 소스케는 바로 이점을 효과적으로 이용하였다. 이미 아코 사건을 취급한 작품들은 반세기에 걸쳐 무대 위에서 상연되었고, 대중의 깊은 사랑을 받고 있는 처지였다. 이들 작가들은 전작들을 전면적으로 재검토해서, 문학적으로 완성도 높은 영웅담을 만들어 냈다.『주신구라』는 이렇게 해서 탄생된 것이다.

그런데 이러한 과정을 거쳐서 완성된『주신구라』는 역사적 사실인 아코 사건에서 복수의 완성이라는 점만을 빼고는 전혀 다른 내용이 삽입된 문예 작품이 되고 말았다. 복수에 관여한 무사들의 이야기보다는 가공의 주변 인물의 갈등이 작품 속에서 중요한 요소로 취급되었고, 정작 무사들이 복수 후에 맞이한 최후에 대해서는 언급하지 않고 있기 때문이다.

물론 모든 문예 작품이 역사적 사실 전체를 고스란히 옮겨놓아야 하는 것은 아니다. 문예 작품은 작가의 상상력의 소산이므로, 작가가 중시한 상황과 사건이 부각될 수도 있고, 또 때로는 반대로 역사적으로 중용한 상황과 사건도 생략될 수도 있다. 『주신구라』도 문예 작품이므로 자연히 이러한 작가의 상상력에 의존해서 역사적 사실과 차별화될 수 있는 것이다.

그러나 문제는 문예물인 『주신구라』를 역사적 사실인 아코 사건으로 혼동해서 받아들일 수 있는 환경 때문이다. 일본의 관객과 독자들은 『주신구라』와 아코 사건을 동일시하는 환경 분위기 속에서 성장하고, 교육받고 있다. 앞서 언급한 것처럼, 아코 사건을 주신구라 사건으로 이해하는 사회적 분위기가 중요한 예이다. 이러한 이해의 방법은 자칫 아코 사건의 발생 동인이었던 무사도에 근거해서, 복수의 달성과 죽음을 두려워하지 않는 행위를 합리화할 우려가 있다. 주군의 복수를 위해서라면, 목적의 달성을 위해서라면, 선악이나 이유를 묻지 않고 단결할 수 있다는 무사도의 개념이 거부감 없이 일본 국민들에게 주입되는 것이다. 『주신구라』에 대해서 '기리와 닌죠의 갈등'이라는 독법 이외에 다른 해석 방법을 생각하지 못하는 것이 바로 이러한 작업이 가져온 결과이다.

『주신구라』의 원형이 된 역사적 사실인 아코 사건은 비극이다. 복수가 완수되었다 할지라도, 복수에 참여한 무사들이 전원 비극적 최후를 맞았기에 비극인 것이다. 오이디푸스 왕에게 주목하는 것은 그가 어머니와 결혼을 한 사실이 아니라, 그가 맞이한 비참한 최후이다. 아코 사건의 무사들도 결국 자신들이 완수한 복수로 인해 자신의 삶을 일찍 마감하고, 가족과 헤어지면서 결손 가정을 만들었고, 바쿠후의 엄격한 처단으로 인해 폐문의 지경에 이르게 되었다. 아코 사건이 비극이 되는 것은 그들이 맞이한 최후 때문이 아니라 그들이 일으킨 판단 착오, 즉 비극적 결함 때문이다.

그런데 『주신구라』를 비극으로 이해하는 일본의 관객이나 독자는 거의 없다. 대부분의 관객과 독자들에게, 『주신구라』를 주군의 원수를 갚은 무사들의 복수극으로 이해할 뿐이다. 『주신구라』를 비극이 아닌, 복수극으로만 이해하는 것은 관객과 독자들의 잘못만은 아니다. 『주신구라』를 복수극을 제작한 제작자들의 의도성과 수세기에 걸쳐 형성된 『주신구라』에 대한 범사회적 고정관념 때문이라고 할 수 있다.

물론 『주신구라』를 비극이 아닌 복수극으로 하고, 복수에 참가한 무사들을 영웅으로 이해한다고 해서 그러한 독법이 틀렸다고 말할 수 있는 것은 아니다. 그러나 『주신구라』를 무사들의 영웅담으로만 인정하는 사회 분위기가 지속된다면, 일본 사회와 주변 사회는 인간의 보편적 정서에 대한 대화를 나누기 어려워진다. 일본의 근대화는 서구 사회의 근대화를 모델로 하고 있다. 서구의 근대화는 경제적 위치를 확보한 시민계급이 피를 흘려 얻은 시민혁명을 모태로 하고 있다. 시민 혁명은 근본적으로 모든 인간이 동등하다는 이념을 바탕으로 하고 있고, 결국 민주주의라는 이념을 창출해냈다. 따라서 서구의 근대화는 결국 중세 이후 지속된 인간의 개인적 가치를 중시하는 인본주의의 발전과정의 결과로 이루어진 인간 평등 사고의 확립이라고 말할 수 있다.

일본 사회의 모순은 바로 이러한 민주주의 이론을 바탕으로 한 근대화 정신을 수용했으면서도, 내용적인 면에서는 여전히 근세 시대에 존재했던 주군과 무사의 계급체계와 이들 사이에 존재했던 무사도의 개념을 동경하는 것, 그리고 그들이 그러한 무사도를 수행하기 위해 개인의 가치를 희생한 것을 찬양하는 것에 머물러 있다. 목적의 달성을 위해서라면 선악의 개념도, 이유도 묻지 않고 뭉칠 수 있다는 신념은 일본 사회가 지향하는 정서가 서구에서 수입한 민주주의 정신이 아니라, 일본 사회가 전통적으로 가져온 무사도와 닌죠를 이겨 내는 기리의 정신이 현대 일본 국민들 전체에 편만해있기 때문이다. 『주신구라』는 바로 이러한 일본 정서를 감지할 수 있는 시금석이라고 할 수 있다.

앞으로도 일본 사회에서는 『주신구라』를 비평하는 기준은 '기리와 닌죠의 갈등'을 벗어나지 않을 듯싶다. 뿐만 아니라 무사들을 복수의 장으로 이끌어 낸 무사도 역시 일본 사회의 정체성을 형성한 근본정신으로 찬양받을 것 같다. 전통적 가치에 대한 강한 애착을 보이는 일본 사회의 분위기와 함께, 사회 전반에 확산된 일반적 가치에 대해 근원적 의문을 일본 사회 내부에서 제기하는 것은 불가능하기 때문이다. 또한 아코 사건을 무사도와 연계하는 지속적인 교육과 『주신구라』의 독법을 '기리와 닌죠의 갈등'으로 해석하는 사회적 반복 학습을 통해 고착된 고정관념을 깨는 것은 일본인을 부인하는 일이 되기 때문이다.

그렇지만 『주신구라』는 또한 일본인의 정체성을 확립하는 중요한 문화유산이므로, 일본인들의 주관적 정서 못지않게 보편적 인간관에 맞추어서 이해될 필요가 있다. 세계의 문화는 각 문화가 지닌 독창성과 특수성을 인정하면서도, 또한 세계인이 공유하는 보편성과 상대성을 확보해야 하기 때문이다. 이러한 연구 방향은 일본 스스로 확립해온 독립적 가치 기준을 세계의 보편적 정서와 논리로 투영시켜 가는 일이 될 것이며, 이러한 방향에 근거를 둔 연구가 보다 활성화될 때, 일본 문화는 일본이라는 지역성을 넘어 보편성의 지평에 이르게 될 것이다.

참고문헌

텍스트

『浄瑠璃集 新編 日本古典文学全集77』(小学館, 2002)
최관, 『주신구라』(민음사, 2001)

사전

日本国語辞典第二版編輯委員会, 『日本国語大辞典』(小学館, 2001)

일본 국사교과서

青木美智男, 深谷克己 外 9人, 『詳解 日本史』(三省社, 1993)
奈正幸, 小堀桂一郎, 村松剛 外 9人, 『最新日本史』(国書刊行会, 1993)
朝比奈正幸, 『新編 日本史』(原書房, 1990)
児玉幸多, 『新日本の歴史』(山川出版社, 1993)
黒田邦夫 外 5名, 『標準日本史』(山川出版社, 1993)
石井進, 『高等学校 新日本史』(自由書房, 1993)
江坂輝称, 『要説 日本史』(自由書房, 1993)
稲垣泰彦 外 6人, 『日本史』(三省堂, 1993)
門脇禎二 外 5人, 『高校 日本史』(三省堂, 1993)
直木孝次郎 外 10名, 『日本史』(実教出版株式会社, 1993)
黛弘道, 『日本史』(清水書院, 1993)
石井 進 外 10名, 『新詳説 日本史』(山川出版社, 1993)

일본 문학교과서

犬養廉 外 2人,『解説 日本文学史』(桐原書店, 2004)
三好行雄 外 1人,『シグマ 新日本文学史』(文英堂, 2000)
真下三郎 外 1人,『新編 日本文学史』(第一学習社, 2006)

논문

山本卓,「義士伝実録と『絵本忠臣蔵』」『文学』(岩波書店, 2002 3月号)
諏訪春雄,「忠臣蔵の深層」『国文学ー解釈と教材の研究』(学灯社, 1986 12
    月号)
加藤秀俊,「忠臣蔵における葛藤解決」『国文学ー解釈と教材の研究』(学灯
    社, 1986 12月号)

단행본

최관,『일본문화의 이해』(학문사, 2000)
가토 슈이치,『일본문학사 서설』(김태준, 노영희 역, 시사일본어사, 2001)
地波正太郎,『忠臣蔵と日本の仇討』(中公文庫, 1999)
元禄忠臣蔵の会,『元禄忠臣蔵データファイル』(新人物往来社, 1999)
松島栄一,『忠臣蔵』(岩波新書, 1942)
日高昭二,『近代つくりかえ忠臣蔵』(岩波書店, 2002)
河竹登志夫,『忠臣蔵の成立』(東京創元新社, 1968)
西山松之助,『図説忠臣蔵』(河出書房新社, 1998)
泉秀樹,『忠臣蔵百科』(講談社, 1998)
新渡戸稲造,『武士道』(三笠書房, 1997)
源了円,『義理と人情』(中公新書, 1974)
中江克己,『忠臣蔵と元禄時代』(中公文庫, 1999)
上村以和於,『仮名手本忠臣蔵』(慶応義塾大学出版会, 2005)
菊地明,『図解雑学 忠臣蔵』(ナツメ社, 2002)

宮島橋, 『ヂュルケム自殺論』(有斐閣, 1979)

服部幸雄, 「仮名手本忠臣蔵のすべて」『図説 忠臣蔵』(河出書房新社, 1998) p.69

宮島橋, 『ヂュルケム自殺論』(有斐閣, 1979), p.217

Brain Vickers, 『Towards Greek Tragedy』(Longman Group Limited, 1973)

Robert W. Corrigan, 『Tragedy Vision and Form』(Happer & Row, 1981)

『仮名手本忠臣蔵』の悲劇性の研究

　『仮名手本忠臣蔵』は、日本の国民が愛する代表的な文芸作品である。忠臣蔵が、これ程の熱狂的な関心を呼ぶ理由は、日本人が志向する情緒を内包しているからであると思われる。このような忠臣蔵を理解する一般的な読み方は、「義理と人情の葛藤」を基にした解釈である。義理というのは、人間として守るべきである道理で、公的な原理の根幹である。一方、人情は、人間が本来から持っている心の動向で、私的な原理の基本である。

　ところで、このような「義理と人情の葛藤」に基づいた忠臣蔵の解釈は、普遍的な人類観からみると、正当性を得がたい部分がある。そこで本論文では、「義理と人情」という日本の文学史の一般的な読み方から離れて、西欧の文芸の悲劇的な観点から忠臣蔵を分析した。

　上記のような議論を展開するために、本文を3章に分けて作成した。第一章は、忠臣蔵の成立に関して整理した。叙述の素材になった赤穂事件や、思想的な背景になった武士道に関して言及する。赤穂事件と武士道が、形式的・内容的な面から忠臣蔵の成立の根幹である事を明らかにする。

　第2章では、忠臣蔵の文芸家の過程と構造に関して整理する。忠臣蔵は、緻密な分析を通して文芸化され、その構造も悲劇性を隠蔽するのに十分である。第3章では、忠臣蔵の悲劇性の隠蔽について探索する。西欧の文芸の悲劇的な欠陥の表現方法に関する叙述と忠臣蔵の悲劇性の隠蔽方法について詳述する。以上のような過程の上、忠臣蔵は、悲劇を悲劇として作らず、英雄談として作って、読者の混乱をも

たらした作品である事が分かる。

　歴史的な事実である赤穂事件は、本研究を通して西欧の文芸の悲劇理論からみると、間違いなく悲劇である。それにもかかわらず、歴史的な事実を脚色した忠臣蔵は、悲劇でなく、英雄談である。主人公が迎える悲劇的な結末を除いてしまっては、悲劇は悲劇になりきれない。日本の国民が忠臣蔵をとても好むのは、悲劇的な結末が省略されたからである。

　以上のような読み方が可能になったのは、商業的な成功のための劇の構成や、構成について合理性を附与した「義理と人情の葛藤」の構造で理解する社会的な固定観念である。本論で言及したように、主題意識の暗示性、作中人物の英雄化、個人の悲劇的な欠陥を乱発し、集団の悲劇的な欠陥の省略を巧みに隠した戦略的な意図性は、作品の商業的な成功のための作者達の戦術であった。忠臣蔵は悲劇ではないという全社会的な固定観念が、江戸の代表劇を恣意的に解釈した批評家達の戦略であった。

　ところが、忠臣蔵は悲劇である。「義理と人情」という読み方からみると、忠臣蔵は、英雄談にもなり得るが、普遍的な人間観に基づいた西欧の文芸の理論を用いると、悲劇になる。今まで、西欧の悲劇の理論から忠臣蔵を批判しなかった理由は、悲劇の概念から分析することが、日本人の情緒から離れる作業だからであった。武士達の行為が、悲劇的な欠陥を通して完成された悲劇行為だという事実を認識すると、忠臣蔵を理解する際に抱いていた不明瞭な点が解明されると同時に、日本の精神が追求する志向性が何であるかが確実に分かる。忠臣蔵の悲劇についての理解は、忠臣蔵はもちろんのこと、日本の文化を人本主義に基づいた普遍的な人間情緒に導く礎石になると思われる。

부록

겐로쿠 아코 사건 관련 일지

쇼호(正保) 2년(1645) 6월 22일

아사노 나가나오(浅野長直), 하리마 국(播磨国) 아코(赤穂) 번으로 명을 받들어 이주하다.

겐로쿠 아코 사건의 발단이 된 아사노 나가노리(浅野長矩)는 아코 번주였다. 그러나 수대에 걸쳐 아코 번에 뿌리를 내린 토족은 아니었다. 아사노 가문이 아코 번에 자리를 잡은 것은 아사노 나가노리의 할아버지 아사노 나가나오(浅野長直) 때부터였다.

아사노 나가나오[게이초(慶長) 15년(1610)-간분(寛文) 12년(1672)]는 에도 시대 다이묘 중의 한 명으로, 초대 하리마 국 아코 번의 토대를 마련 명군이다. 5만 3천 석의 봉록을 받았고, 아코 번의 토대를 닦는 데 일생을 바쳤다.

시모쓰케(下野) 국의 모카(真岡) 번에서, 아사노 나가시게(浅野長重)의 장남으로 태어났다. 어머니는 미카와(三河) 국 요시다(吉田) 번의 번주 마쓰다이라 이에키요(松平家清)의 딸이었다. 아명은 마타이치로(又一郎)이며, 정실부인은 니와 나가시게(丹羽長重)의 딸이다. 아들은 아사노 나가토모(浅野長友), 딸은 겐로쿠 아코 사건과 관련된 무사 오이시 요시시게(大石良重)의 부인이다. 양자는 아사노 나가가타(浅野長賢)와 아사노 나가쓰네(浅野長恒)가 있다.

간에이(寛永) 8년(1631년) 12월 3일, 종 4위하의 직위인 다쿠미노카미(內匠頭)에 서임되었다. 그리고 간에이 9년(1632년)에 10월 29일, 아버지의 뒤를 이어 가사마(笠間) 번주가 되었다. 간에이 11년(1634년)에는 바쿠후에 의해 순푸(駿府) 성 성대에 임명되었고, 간에이 13년(1636년)에는 에도(江戸) 성 니시노마루(西の丸)의 토목공사를 도와, 이윽고 오사카(大坂) 성의 가반(加番)으로 임명받았다.

그리고 가사마 번주로 있을 때, 아코 번주였던 이케다 테루오키(池田輝興)가 미쳐 날뛰어, 정실부인인 구로다 나가마사(黑田長政)의 딸을 살해하는 사건이 있어났다. 이로 인해 이케다 가문은 바쿠후에 의해 관직에서 내몰리는 개역(改易)을 당했다. 이로 인해 아사노 나가나오는 구로다 나가마사가 개역된 아코 번의 번주가 되었고, 이후 아사노 가문은 손자인 아사노 나가노리(浅野長矩)가 겐로쿠 아코 사건으로 인해 개역될 때까지 계속해서 아코 번의 번주를 세습했다.

하리마 국(播磨国) 아코(赤穂) 번은 현재 혼슈(本州) 긴키(近畿) 지방 효고(兵庫) 현에 있는 지역을 의미한다. 126.88㎢에 이르는 이 지역은 서쪽으로는 오카야마(岡山) 현, 남쪽으로 세토나이카이(瀬戸内海)에 접해 있다. 에도 시대 때부터 제염업이 발달해서, 당시 전국으로 유통되는 소금의 약 7%가 생산되었다.

쇼호(正保) 3년(1646)

도쿠가와 쓰나요시(德川綱吉), 도쿠가와 이에미쓰(德川家光)의 4남으로 태어나다.

도쿠가와 쓰나요시는 원래 쇼군의 계승권자가 아니었다. 도쿠가와 이에미쓰의 장남이자, 자신의 친형이었던 도쿠가와 이에쓰나(德川家綱)가 4대 쇼군을 계승한 것까지는 정상적으로 쇼군이 계승되었다. 4대 쇼군 도쿠가와 이에쓰나가 후계자를 결정짓지 못하고 엔포 8년

(1680)에 병사하자, 로쥬(老中)와 홋타 마사토시(堀田正俊)의 추천을 받아 35세의 나이에 쇼군위를 승계한다.

도쿠가와 쓰나요시는 「쇼루이아와레미노레」로 인해 명군이 아닌 암군의 이미지가 강조되지만, 실제로는 학문을 숭상한 호학가였고, 유학과 불교에 의해 문화정치를 추진하는 정책을 취했다. 센고쿠(戰國) 시대부터 계승된 구습을 타파하고, 새로운 가치관에 따른 정치를 시행하기 위한 결과로 「쇼루이아와레미노레」를 탄생했다.

도쿠가와 쓰나요시는 「쇼루이아와레미노레」와 동시에 「쇼코쿠텟포 아라타메(諸国砲鉄 改め)」가 행해졌다. 겐로쿠 시대의 농촌에는 도요토미 히데요시(豊臣秀吉)의 「가타나가리(刀狩り)」를 피해서 여러 무기를 상당수 새롭게 만들어 보유하고 있었다. 가타나가리는 도요토미 히데요시가 강력한 바쿠후 체제를 유지하기 위해 농민들의 무기 소유를 금지한 병농(兵農) 분리정책이었다.

도쿠가와 쓰나요시 당시에 전국 각지에서는 개간에 의한 새로운 농지 개척이 이루어졌고, 농촌의 생산력이 향상되고 있었다. 도쿠가와 쓰나요시는 농민들이 농업에 전념하게 만들고, 총포도검류를 이용해서 동물이나, 조류 등을 수렵해서 섭취하는 것을 금지하는 「쇼코쿠텟포 아라타메」를 추진했다. 처음에는 간토(関東) 지방에서 시행되다가, 조쿄 2년(1685년)부터는 위반자의 포박과 밀고에 보상금을 지불하는 밀지를 내렸다.

도쿠가와 쓰나요시의 「쇼루이아와레미노레」와 「쇼코쿠텟포 아라타메」는 센고쿠 시대의 분위기를 지우고, 자비라는 새로운 도덕률을 세웠다.

농촌의 생산력을 향상시키기 위해서 새로운 농지를 개간하게 하면서 농업에 전념하게 만들고, 반면 무기를 사용해서 동물이나, 새를 잡아먹는 일을 금지시켰다.

게이안(慶安) 원년(1648)
아코성(赤穂城) 축성을 개시하다.

아코성은 아사노 나가나오가 하리마 국 아코 번주가 되고, 3년이 지난 후에 축성을 시작했다. 아코성 축성은 게이안 원년에 본격화되었지만, 실제로 아코성에 대한 정비는 아나노 나가나오가 번주가 되면서부터 시작되었다. 아사노 나가나오는 입성하자마자 삼각주 맨 끝의 요새에 있던 군사 진영을, 에이안 원년(1648년)에는 근세 성곽으로 정비하는 공사에 착수했다.

아코성의 축성에는 고바야카와 요시히사(小早川能久)의 고슈류(甲州流) 군사학과 야마가 소코(山鹿素行)의 야마가류(山鹿流) 군사학이 도입되었다. 천수대는 만들었지만, 천수각은 바쿠후가 허가하지 않아 세우지 못했다. 일반적인 일본의 성곽과 달리, 꺾어짐이 많은 것이 특징이다. 별명은 가리야(加里屋) 성, 오다카(大鷹) 성이다.

조오(承応) 원년(1652)
아사노 나가나오, 야마가 소코(山鹿素行, 31세)를 1,000석에 초빙하다.

야마가 소코[元和 8년(1622)-貞享 2年(1685년)]는 에도 시대 전기의 유학자이자, 군사학자이다. 야마가류(山鹿流) 병법과 고가쿠파(古学派)의 시조이다. 아버지는 낭인이었던 야마가 사다모치로, 무쓰(陸奥) 국 아이즈(会津)에서 태어났다. 간에이(寛永) 5년(1628), 6세의 나이로 에도로 나왔다. 그리고 간에이 7년에 9살의 나이로 하야시 라잔(林羅山)의 문하에 들어가 주자학을 배우고, 15살부터 오바타 가게노리(小幡景憲)와 호조 우지나가(北条氏長) 밑에서 군사학을, 인페 단

사이(広田坦斎)에게서 신토(神道), 그리고 가가쿠(歌学) 등 다양한 학문을 배웠다.

아사노 나가나오의 초빙을 받아 아코 무사들에게 교육을 할 즈음, 주자학을 비판하기 시작했다. 겐로쿠 아코 사건의 주동자 오이시 구라노스케도 제자였다. 그리고 아코 사건 이후 「실전적인 군학」이라는 비판을 받게 된다.

엔포(延宝) 3년(1675), 야마가 소코는 허가를 받아 에도로 돌아가, 그 후 약 10년간 군사학을 가르쳤다. 그 가르침은 훗날 에도 바쿠후 말기에 사상가로 이름을 떨친 요시다 쇼인(吉田松陰) 등에게 영향을 끼쳤다.

야마가 소코는 겐로쿠 아코 사건에 영향을 끼친 고가쿠(古学)의 창시자이다. 코가쿠는 송학(宋学)으로 대변되는 주자학에 대한 반동으로 나온 일본적 유학이다. 공맹의 가르침을 통한 선왕의 도를 확립할 것을 외친 것이 고가쿠의 핵심이라고 할 수 있다. 야마가 소코는 사농공상으로 엄격히 구분된 일본의 계급사회에서, 사무라이(士)의 행동과 마음가짐에 대한 규준을 역설하며 시도론(士道論)을 제시했다. 시도론은 허가 아닌 실을 숭상하는 사무라이의 행동양식을 중시했다.

만지(万治) 2년(1659)

오이시 구라노스케(大石内蔵助), 아코의 오이시 가문에서 태어나다.

하리마 국 아코 번의 최고 과로로서, 겐로쿠 아코 사건을 주동한 인물이다. 이미나(諱-왕이나, 제후 등의 사후에 이름을 높여 부르는 말)는 요시오(良雄)이고, 통칭(仮名)은 구라노스케(内蔵助)이다. 본성은 후지와라(藤原) 씨였고, 아사노 나가나오의 딸과 결혼했다. 오이시 구라노스케가 주동이 된 겐로쿠 아코 사건은 뒷날 닌교조루리와 가부키로 발전한『가나데혼 주신구라(仮名手本忠臣蔵)』가 되었다.

오이시(大石) 가문은 후지와라 히데사토의 후예 고야마(小山) 씨의 일족이다. 대대로 오미(近江) 국 슈고(守護) 사사키(佐々木) 씨의 아래에서 구리타(栗太) 군 오이시쇼(大石庄)라는 사사직을 수행했기 때문에, 오이시라는 성을 사용하게 되었다. 그 후 오이시 씨는 오닌의 란(応仁の乱, 1467) 등으로 몰락했지만, 오이시 요시노부(大石良信)의 대에 이르러서 도요토미 히데쓰구(豊臣秀次)를 섬기게 된다. 히데추구의 실각 후, 요시노부의 서자였던 차남 오이시 요시카쓰(大石良勝, 요시오의 증조부)는 교토에서 불문에 입문하지만, 교토를 탈주하고 에도에서 낭인생활을 하다가 아사노(浅野) 가문을 섬기게 되었다. 요시카쓰는 오사카 나쓰(夏) 진에서 전공을 세워, 아사노 나가마사(浅野長政)의 3남 아사노 나가시게[浅野長重, 나가노리(長矩)의 증조부]의 에이타이(永代) 가로(家老)에 취임하게 되었다. 나가시게의 장남인 나가나오(長直)는 전봉되어, 오이시 가문은 아코로 이주하게 되었다.

요시카쓰의 장남 오이시 요시타카(大石良欽)도 아코 번 아사노 가문의 힛토(筆頭) 가로가 된다. 또한 요시카쓰의 차남 오이시 요시시게(大石良重)도 가로가 되고, 아사노 나가나오[나가노리(長矩)의 조부]의 딸 쓰루히메(鶴姫)를 아내로 맞아, 그의 두 아들은 아사노 나가나오에 의해 바쿠후 하타모토[旗本, 아사노 나가쓰네(浅野長恒)와 아사노 나가타케(浅野長武)]가 되었다.

오이시 요시타카(大石良欽)는 도리 다다카쓰[鳥居忠勝, 도리 모토타다(鳥居元忠)의 아들]의 딸과 결혼을 해서, 그 사이에서 오이시 요시아키(大石良昭)를 장남으로 얻었다. 요시아키와 비젠(備前) 국 오카야마(岡山) 번의 중신 이케다 요시나리(池田由成)의 딸 구마 사이에 장남으로서, 아코 성내에서 태어난 것이 오이시 구라노스케 요시오이다.

만지(万治) 3년(1660)
야마가 소코(39세), 벼슬을 사양하고 물러나다.

야마가 소코는 아코 번의 무사들을 가르치면서, 사무라이 계급에 적합한 윤리를 개발하는 데 주력했다. 고가쿠(古学)의 틀은 아사노 나가나오에게 청빙받기 전에 만들어졌지만, 자신이 구축한 고가쿠 사상은 아코 번의 무사들을 중심으로 확장시켜 나갔다. 공자의 본래 사상으로 돌아가자는 고가쿠는 도쿠가와(德川) 시대의 일본을 지배한 싱거운 주자학보다 강렬했다. 야마가 소코는 공자의 원래 가르침이 사무라이 계급에 더 적합하다고 생각했다.

야마가 소코는 사무라이를 공자의 '군자(君子)'와 동일시했고, 언제 있을지 모르는 군사적 봉사에 대비하여 항상 자신을 단련하고, 하층 계급에 대해 미덕의 본보기가 됨으로써 영주한테 급료를 받는 데 상응한 구실을 다하는 것이 사무라이의 본질적인 역할이라고 가르쳤다. 일본의 부시도(武士道)는 야마가 소코의 고가쿠 사상으로부터 본격화되었다고 해도 과언이 아니다. 야마가 소코 이전의 일본 사무라이는 무사로서의 정신이나 사상이 확립되어 있지 않았다.

야마가 소코는 유교의 기본 덕목인 인(仁)을 무시하지는 않았지만, 오히려 이 인보다는 2번째 덕목인 '의(義)'를 더 강조했고, 심지어 의를 의무라고까지 생각했다. 야마가 소코의 주자학 비판은 1665년에 나온 『야마가고루이(山鹿語類)』에 처음 나타났다. 그 개요는 이후 3권으로 완성된 『세이쿄요로쿠(聖教要録)』라는 책으로 간행되었다.

야마가 소코의 사상은 강력한 중앙집권 체제를 유지하는 도쿠가와 바쿠후 당국에 대한 잠재적 도전으로 간주되었다.

야마가 소코는 이러한 반 도쿠가와 바쿠후적 사고로 인해, 에도에서 쫓겨나 아코 한에서 무사들을 가르쳤다. 그리고 아코 한의 번주 아사노 나가나오의 보호 겸 감시를 받았지만, 결국 고가쿠 사상으로 인해 벼슬을 포기할 수밖에 없었다.

그러나 야마가 소코가 약 8년간 아코 번의 무사들을 교육한 것은, 일본 근세사는 물론 일본 역사 전체에 가장 중요한 사건 가운데 한 가지로 자리매김한 겐로쿠 아코 사건의 근간이 된다. 야마가 소코는 '47명의 사무라이'에게 주군의 원수를 갚기 위해 목숨을 바쳐야 한다는 영감을 심어주었다. 야마가 소코 이전에는 주군을 위한 복수는 흔치 않았다. 도쿠가와 바쿠후 이전의 주군과 가신의 관계는 계약관계였다. 겐로쿠 아코 사건은 주군을 위해 가신들이 목숨을 바치는 혁명적 사건이었다. 겐로쿠 아코 사건으로 인해, 야마가 소코와 그의 고가쿠 사상은 일본 사회에서 중요한 하나의 사상으로 자리 잡게 되었다.

간분(寬文) 원년(1661)
아코성이 완성되다.

아코성의 축성은 쇼호 3년(1646년) 근세 성곽 건설을 위해, 곤도 마사즈키(近藤正純)가 설계도를 작성한 것으로부터 설계도를 작성한 것부터 시작되었다. 그리고 이 설계도가 작성된 이후 석재 채굴이 본격화되었다.

게이안 원년(1648) 6월 17일(양력 8월 5일), 2년간의 준비 끝에 바쿠후에 축성계획을 제출하자, 이례적으로 바로 그날 축성 허가가 이루어진다. 그리고 곧바로 아코 성의 축성이 시작된다.

4년 뒤인 게이안 원년(1652년), 아사노 가문에 의해 1천석의 사례를 받고 초빙된 야마가 소코에게 축성에 관계된 의견을 듣고, 본성의 바깥쪽을 둘러싸고 있는 성곽인 니노마루(二の丸)의 조성을 변경하게 된다. 야마가 소코는 자신의 군학을 반영해서 아코 성 축성에 영향을 끼친다.

아코성은 처음 축성의 계획을 세운 지 15년 만에, 바쿠후로부터 축성 허가를 받은 지 13년 만인 간분 원년(1661년)에 완성하게 된다. 아코 성은 아코 번의 재정 상태를 상회하는 부담스러운 토목공사였지만, 결국 아사노 가문의 노력으로 완성시킬 수 있었다. 아코 성을 완성한 후 아사노 가문은 아코 번에서 체제를 강화하게 되었다.

간분(寬文) 6년(1666)

10월 3일 야마가 소코(45세), 주자학을 배격하고, 아코에서 유배되다.

야마가 소코가 에도에서 밀려나 아코 번으로 간 것은 반 도쿠가와 바쿠후적인 사고 때문이었다. 아사노 나가나오가 야마가 소코를 청빙한 것은 아코 번의 무사 교육을 위한 목적도 있지만, 한편으로는 바쿠후의 명을 받아 야마가 소코를 지근거리에서 감시하려는 의도도 있었다.

야마가 소코의 고가쿠 사상은 중앙집권적 사고를 강조하는 도쿠가와 바쿠후의 의도와 달리, 사무라이가 자신의 주군에게 충성을 다해야 한다는 '의' 사상을 강조한 것이었다. 야마가 소코는 자신의 고가쿠 사상을 아코 번의 무사들을 중심으로 교육되다가 벼슬에서 물러난 이후에도, 지속적으로 피력했다. 겐로쿠 아코 사건은 오이시 구라노스케가 기획한 복수극이지만 그 저변에는 야마가 소코의 '의'

사상이 깔려 있다고 할 수 있다.

겐로쿠 아코 사건으로 인해, 야마가 소코와 그의 고가쿠 사상은 일본 사회에서 중요한 하나의 사상으로 자리 잡게 되었다. 일부 학자들은 야마가 소코의 고가쿠 사상이 이룩한 일본 문명이 중국 문명보다 더 우월하다는 사상 논쟁을 펼치기도 했다.

야마가 소코는 유배 후 3년 뒤인 간분 9년(1669)『주초지지쓰(中朝事実)』라는 책에서 일본 황실 계보의 우수성을 강조했다. 일본은 건국 이후 줄곧 신성한 황실 계보에 충성을 바친 반면, 중국 왕조는 흥망성쇠를 거듭했다는 것이다. 일본은 황통 일관성을 가지고 천황가 일가가 지속적으로 왕조를 유지해왔지만 중국은 이민족의 침입을 받으며 왕조가 대체되었다는 사실을 강조한 것이다. 게다가 중국에서 유학은 영향력을 잃고 비실용적 형이상학적 사변철학으로 변모했지만, 일본에서 유학은 유학의 창시자인 공자가 말한 의무라는 개념에 충실해왔다고 주장했다.

그러나 이러한 '의'를 중심하는 고가쿠 사상은 중앙집권 체제를 유지하는 도쿠가와 바쿠후에는 부담이 될 수밖에 없었다. 중앙정부인 바쿠후의 명령을 어기고, 주군과 가신 간의 의리에 기반한 사적 복수를 가능하게 할 수 있었기 때문이다. 겐로쿠 아코 사건 이후, 일본 유학자들 사이에 다양한 철학적 논쟁이 야기된 것은 의리에 대한 개념 정의 때문이었다. 이러한 의리의 개념은 도쿠가와 바쿠후 통치 하에서는 영향력을 발휘하지 못하다가, 약 200년 뒤에 호전적 국수주의자들을 부추기는 데 이바지했다. 이들은 1868년에 도쿠가와 바쿠후를 무너뜨리고 왕정을 회복했다.

간분(寛文) 7년(1667) 8월 11일

아사노 나가노리(浅野長矩), 에도의 본가에서 태어나다.

아사노 나가노리는 아코 번주 아사노 나가나오의 아들인 아사노 나가토모(浅野長友)의 장남으로 태어났다. 어머니는 다이묘였던 시바(志摩) 국 도바(鳥羽) 번주였던 나이토 다다마사(内藤忠政)의 딸로, 정실부인 하치(波知)였다. 아사노 가문의 대를 잇는 적자로 태어나서, 마타 이치로(又一郎)라는 아명으로 불렸다. 이 아명은 조부 나가나오, 아버지 나가토모도 사용했던 동일한 아명이다.

겐로쿠 8년(1695년), 26세의 아사노 나가노리는 큰 병을 앓게 되어, 자신의 친동생인 아사노 나가히로(浅野長広)를 양자로 삼고, 아사노 가문의 후계자로 정한다. 아사노 나가히로는 아사노 나가나오가 기라 요시나카에게 칼부림을 한 이후, 오이시 구라노스케가 아사노 가문 재흥을 의탁한 아사노 다이카구(浅野大学)이다.

아사노 나가노리는 조쿄 2년(1885), 18세의 나이로 야마가 소코의 문하에서 군학을 배우고, 서화 등을 배우며 번주로서 교양을 쌓아나갔다 성품은 옹졸하고, 협량했던 것으로 전해진다. 또한 속병으로 인해 흉통과 북통의 지병을 앓았던 것으로 알려지고 있다. 겐로쿠 14년, 35세의 아사노 나가노리는 기라 요시나카에게 칼로 상처를 입히고, 당일 할복으로 생을 마감한다.

간분(寛文) 8년(1668)

기라 요시나카(吉良義央, 28세), 기라 가문의 당주(当主)가 되다.

기라(吉良) 가문은 가마쿠라 시대부터 이어져온 가문이다. 싯켄(執権), 호조(北条) 가문을 섬기던 아시카가 요시우지(足利義氏)가 미카와(三河) 국을 수호하게 되고, 그 3남 요시쓰구(義継)가 독립해서 가

계를 세워 기라(吉良)를 명명한 것이 시작이다. 요시(義) 씨부터 14대째인 요시타다(義定)의 때에, 세키가하라(関関原) 전투의 전공에 의해 미카와 기라죠(三河吉良莊)에게 3,200석이 주어지고, 15대째인 요시미(義彌) 시절에는 명문가로 인정되어 고케(高家)로 임명된다. 16대째인 요시후유(義冬) 때에는 1,000석의 더해져서 4,200석이 되고, 그것을 승계한 것이 고즈케노스케 요시나카(上野介義央)이다.

고즈케노스케는 간에이 18년(1641년), 기라 요시후유의 장남으로 태어났다. 16세 때 종4위상에 서임되었고, 고즈케노스케라는 이름을 받는다. 만지 원년(1658년)에 데와(出羽) 국 요네자와(米沢) 번주 우에스기 사다카쓰(上杉定勝)의 딸을 처로 맞아, 간분 3년(1663)에 장남 산노스케(三之助)를 낳았다.

우에스기 다카쓰를 이은 쓰나가쓰(綱勝)이 후계를 정하지 못한 채 27살에 급사하자, 고즈케노스케는 산노스케를 우에스기 가문의 양자로 보냈다. 그가 우에스기 가문 4대째가 되는 쓰나노리(綱憲)이다. 하지만 고즈케노스케는 자신의 독자를 우에스기 가문의 양자로 보낸 것으로 인해, 도리어 자신의 가문을 이을 수 없게 되었다. 그래서 겐로쿠 2년에는 쓰나노리의 아들, 즉 자신의 손자를 사효에 요시마사(左兵衛義周)로 명하고 양자로 맞으며, 우에스기 가문과 밀접한 관계를 쌓게 된다. 기라 저택의 복수 전에 오이시 구라노스케를 비롯한 아코 번의 무사들이 우에스기 가문의 동향을 살핀 것은 바로 이러한 이유 때문이었다.

엔포(延宝) 3년(1675)
3월 23일 아사노 나가나오(9세), 제후가 되어 영지를 물려받다.
야마가 소코(54세), 사면되다.

아코 번의 2대 번주 아사노 나가토모가 에도 부임 중에 병사하자, 엔포 3년, 불과 9세의 나이로 제3대 아코 번주의 자리에 올랐다. 그리고 5년 뒤인 엔포 8년에, 14세의 나이로 종4위하인 다쿠미노카미에 서임되었다. 텐나 3년(1683년), 아사노 가문의 종가에서 갈린 시한(支藩)이었던 빈고(備後) 국 미요시(三次) 번주 아사노 나가하루(浅野長治)의 딸 아구리(阿久里)와 결혼했지만 후손을 얻지 못했다.

코 번의 2대 번주 아사노 나가토모가 병사하고, 아사노 나가나오가 아코 번의 3대 번주로 취임하고, 이후 번주 취임으로 야마가 소코가 사면된 것은 겐로쿠 아코 사건을 야기하는 발단이 된다. 어린 나이에 번주에 오른 아사노 나가나오는 협량하고, 편협한 성품에 더해, 자신이 사면한 야마가 소코를 번사로 받아들여 군사학은 물론, 고가쿠 사상을 받아들인다. 번주 아사노 나가나오가 야마가 소코 사상을 받아들인 것은 아코 번의 무사들 전체가 야마가 소코의 사상을 공유한 것과 같다는 뜻이었다. 아사노 나가모토의 병사와 아사노 나가나오의 번주 취임, 그리고 야마가 소코의 사면은 겐로쿠 아코 사건으로 이어지는 결정적 계기가 된 셈이다.

엔포(延宝) 5년(1677)
오이시 구라노스케(19세), 오이시(大石) 가문을 상속받다.

오이시 구라노스케 요시카쓰는 오이시 곤나이 요시아키(大石権内良昭)의 장남으로 태어났지만, 15세 되던 해인 엔포 원년(1673)에 아버지가 출장 중에 오사카에서 객사한다. 그래서 그해 할아버지 오이시 다쿠미노가미 요시타카(大石内蔵助良欽)의 양자가 되어 오이시 가문을 승계하게 된다.

이 요시타카의 부친, 결국 오이시 요시카쓰에게는 증조부 다쿠미노카미 요시카쓰(良勝)가 아사노 나가노리(浅野長矩)의 증조부 아사노 나가시게(浅野長重)를 섬기면서 두 가문의 관계가 시작되었다. 고쇼가시라(小姓頭)였던 요시카쓰는 가로(家老) 직에 발탁되어, 이후 오이시 가문은 대대로 아사노 가문을 가로로 섬기게 되었다.

엔포 15년(1677), 오이시 구라노스케 요시카쓰가 오이시 가문을 상속받게 된 것은 양부였던 친할아버지 오이시 요시타카가 죽었기 때문이었다. 그래서 가문을 상속받고, 아사노 집안을 섬기는 가로직을 이어받아 구라노스케 요시카쓰로 불리게 된다.

엔포(延宝) 7년(1679)

오이시 구라노스케(21세), 국가노상석(国家老上席)에 취임하다.

오이시 구라노스케 요시카쓰는 아코 번주 아사노 가문을 섬기는 1,500석의 가로가 된다. 이 가로의 직위는 아사노 가문과 오이시 가문의 밀접한 관계를 상징하는 것으로, 오이시 구라노스케 요시카쓰는 아코 번에서 번주 아사노 나가나오를 보필하는 최고의 가신이 되었다.

덴와(天和) 원년(1681)

8월 23일, 아사노 나가나오(15세), 야마가 소코에게 입문하다.

아코 번의 번주 아사노 나가나오는 야마가 소코에게 군사학을 배웠고, 유학은 이토 진사이(伊藤仁斎)에게 배웠다. 고가쿠 사상으로 인해 유배와 사면을 거쳐, 60살이 된 야마가 소코는 아나소 나가노리는 물론 가로 오이시 구라노스케 요시카쓰를 비롯한 아코 번의 무사들도 가르쳤다.

덴와(天和) 3년(1683) 2월 6일

아사노 나가노리(17세), 칙사 향응 역으로 임명을 받다.

덴와(天和) 3년(1683) 3월 7일

기라 요시나카(43세), 바쿠후의 예식 담당자 고케를 통솔하는 고케 기모이리(高家肝煎)가 되다.

덴와(天和) 3년(1683) 3월 25일

기라 요시나카를 따라서, 아사노 나가노리, 치구시 교오야쿠로 일하다.

바쿠후는 매년 정월, 고케 기모이리(高家肝煎)로 선발된 관리를 교토에서 파견해서, 조정에 신년 인사를 아뢰었다. 그 답사로 조정에서는 3월에 천황과 상황의 관리로 쵸쿠시(勅使)와 인시(院使)를 보냈다. 바쿠후 측에서는 칙사에는 치구시 교오야쿠(勅使響応役), 인시에는 인시 교오야쿠(院使響応役)를 다이묘(大名)에서 선발해서, 두 관리들을 대접하게 했다.

기라 요시나카와 아사노 나가노리는 이때 처음 고케 키모이리와 쵸쿠시 교오야구로 만난다. 이때는 두 사람 사이에 아무런 문제가 없었다. 그러나 18년 뒤인 겐로쿠 14년(1701)에 다시 만났을 때, 기라 저택에서 칼부림이 일어난다.

덴와(天和) 3년(1683) 4월 9일

아구리(10세), 아사노 나가노리에게 시집가다.

요제인[瑤泉院, 엔포 2년(1674)-쇼토쿠 4년(1714)]. 본명은 아구리(阿久里)이지만, 남편 아사노 나가노리의 사후에 불문에 귀의해서 승려가 되어 법명으로 요제인이라고 불렀다. 아사노 가문의 갈린 빈고

(備後) 국 미요시(三次) 번주 아사노 나가하루(浅野長治)가 만년에 얻은 3녀로서, 아버지가 죽은 뒤에 아사노 나가테루(浅野長照)의 양녀가 되었다. 어머니는 남편 아사노 나가노리(浅野長矩)의 증조부였던 아나노 나가시게(浅野長重)의 딸이다.

당시 10세였던 아구리와 17세였던 아사노 나가노리는 결혼 후 18년간의 부부생활을 영위하였지만 자식을 얻지 못했다. 그래서 아사노 나가노리의 동생 아사노 나가히로(浅野長広)를 양자로 맞이한다.

겐로쿠 14년(1701) 남편 아사노 나가노리가 기라 요시나카를 에도 성내에서 칼부림으로 상처를 입힌 죄로, 할복 명령을 받고, 영지를 몰수당한 후, 이틀 뒤에 아카사카(赤坂)에 있는 친정 미요시 아사노(三次浅野) 가문의 교외별장에서 은거하다 요제인이라는 이름으로 승려가 되어 남편의 명복을 빌며 무사들의 복수를 지원했다.

덴와(天和) 3년(1683) 6월 23일
아사노 나가나오(17세), 아코 번에 처음으로 입부하다.

죠쿄(貞享) 4년(1687년) 1월 28일
동물 살상 금지령인 쇼루이아와레미노레「生類憐れみの令」가 최초로 반포되다.

5대 쇼군 도쿠가와 쓰나요시(德川綱吉)가 공표한 살생 금지의 영으로, 쓰나요시의 사후에 폐지되었다.「쇼루이아와레미노레」는 그와 같은 이름의 성문법으로서 존재하지는 않았고, 바쿠후에서 내린 여러 가지 공고를 총칭해서 부른다. 언뜻 개를 대상으로 하고 있는 것으로 오해하기 쉽지만, 실제로는 개뿐 아니라 고양이·새·조류·패류·벌레류 등의 생물, 점차 어린아이까지 이른다. 다만 쓰나요시가 병술(丙戌)년에 태어났고, 100마리의 개를 기를 만큼 개를 좋아해서 특히 개를 보호했다. 「쇼루이아와레미노레」가 공표된 배경에는 쓰나요시의 어머니 게쇼인(桂昌院)이 총애했던 류코(隆光) 스님의 견해를 받아들였다는 설과 전국 시대에 팽배한 인명살상의 분위기를 억압하기 위해 일부러 발표했다는 설도 있다. 겐로쿠 아코 사건과 관련해서 「쇼루이아와레미노레」가 중요하게 취급되는 이유는 이러한 영이 발표되고 얼마 지나지 않아, 집단 유혈복수극이 자행되었기 때문이다.

겐로쿠 아코 사건과 관련해서 「쇼루이아와레미노레」는 악법으로 취급되고 있다. 그 이유는 도쿠가와 바쿠후 이전까지 무사들의 복수는 당연한 것으로 여겨졌으나, 「쇼루이아와레미노레」로 인해 아코 번의 무사들이 저지른 행위가 생명을 소중하게 여기지 않은 일이 되었다는 근거가 되었기 때문이다. 생명의 소중함을 지키지 않은 사람은 엄벌에 처한다는 「쇼루이아와레미노레」에 의해 아코 무사 47명은 할복 명령을 받게 되고 그 가운데 46명이 할복을 하게 된다.

겐로쿠(元禄) 원년(1688년) 11월 12일

야나기사와 요시야스(柳沢保明), 바쿠후와 제후 밑에서 근무하는 소바요닌(側用人)이 되다.

야나기사와 요시야스(柳沢吉保)는 에도 시대 전기에 바후쿠 소바요닌으로, 대대로 다이묘 직을 계승해온 부다이 다이묘(譜代大名)이다. 무사시(武蔵) 국 가와고에(川越) 번주와 가이(甲斐) 국 고후(甲府) 번주를 역임했다. 5대 쇼군 도쿠가와 쓰나요시의 총애를 받아, 겐로쿠 시대에는 다이로(大老)가 되어 막정을 주도했다. 훗날 야나기사와 요시야스(柳沢保明)는 쇼군 쓰네요시로부터 「요시(吉)」라는 글자를 하사받아, 요시야스(吉保)로 개명했다.

겐로쿠 아코 사건의 원인이 된 겐로쿠 14년(1701)의 아사노 나가노리의 칼부림 사건에 대한 바쿠후의 재판에는 야나기사와 요시야스의 의향이 반영된 것으로 알려져 있다. 야나기사와 요시야스가 아코 번의 무사들을 처벌한 근거는 도쿠가와 쓰나요시가 공표한「쇼루이아와레미노레」였다. 생명의 소중함을 지키지 않는 자는 엄벌에 처한다는 이 법에 따라 아코 번의 무사들에게는 할복 명령이 내려졌다.

따라서 겐로쿠 사건을 소재로 한『주신구라(忠臣蔵)』에서 야나기사와 요시야스는 흑막이 있는 악역으로 묘사되는 경우가 많다. 그러나 바쿠후의 입장에서 보면, 도쿠가와 쓰나요시의 권력을 강화하는 정책을 편 인물이었고, 체제 안정을 위해 당연한 일을 한 것이었다.

겐로쿠(元禄) 6년(1693년) 12월 22일

빗추마쓰야마(備中松山) 개역(改易)에 참가한 아사노 나가나오, 수성사(受城使)로 임명받는다.

도쿠가와 바쿠후 전인 게이쵸 5년(1600)부터 한동안 천황의 직할 영지였던 빗추(備中) 국 마쓰야마(松山) 번은, 빗추 다이칸(代官)이었던 고보리(小堀) 씨가 통치하고 있었다. 덴와 3년(1617) 이나바(因幡) 국 돗토리(鳥取) 번 6만 석의 이케다 나가유키(池田長幸) 6만 5천 석으로 입봉해서 번주가 된다. 그러나 간에이 18년(1641), 2대 번주 이케다 나가쓰네(池田長常)가 후사를 정하지 못하고 죽으면서 폐절된다.

간에이 19년(1642), 나리타(成羽) 번으로부터 미즈타니 가쓰타카(水谷勝隆)가 5만 석으로 입봉한다. 새로운 번주 미즈타니 가쓰타카는 마쓰야마 번의 번정, 경제의 기초를 마련했고, 마쓰야마 성의 성곽 공사를 통해 마즈타니 시대를 완성했다고 할 수 있다. 그러나 3대 번주 미즈타니 가쓰요시(水谷勝美)가 후사를 정하지 못하고 죽어, 말기 양자였던 미즈타니 가쓰하루(水谷勝晴)로 번주를 계승하려 했으나, 겐로쿠 6년(1693)에 유령을 잇기 전에 죽는다. 미즈타니 가쓰하루의 동생 미즈타니 가쓰토키(水谷勝時)를 세웠지만, 바쿠후가 받아들이지 않고 3,000석으로 감봉한다.

그때 마쓰야마 성을 넘겨받는데, 아코 번주 아사노 나가노리가 수성사로 임명된 것이다. 또한 아사노 나가노리의 가로 오이시 구라노스케 요시오가 다음 번주 안도(安藤) 씨가 올 때까지 1년 1반의 기간 동안, 빗츄 국 마쓰야마 성을 관리했다. 성을 넘겨받으러 갈 때, 오이시 구라노스케 요시오가 혼자 마쓰야마 성에 들어가, 미즈타니 가문 가로 쓰루미 구라노스케(鶴見内蔵助)와 대담을 해서 무혈개성을 했다고 전해진다. 오이시와 쓰루미 모두 직위가 같은 구라노스케였기에, 두 구라노스케의 대결이라는 평판을 받았다.

겐로쿠(元禄) 7년(1694년)

2월 11일, 나카야마 야스베(中山安兵衛, 25세), 다카다(高田) 목장에서 결투하다.

겐로쿠 아코 사건에서 나카야마 야스베의 다카다 목장의 결투가 중요하게 취급되는 것은 나카야마 야스베가 의리를 위해 자신과 관계없는 결투에 참가해서 승리를 거둔 것과 이 사건을 통해 나카야마 야스베가 아코 번주 밑에 소속되어 무사가 되었기 때문이다.

호리베 다케쓰네[堀部武庸, 간분 10년(1670)-겐로쿠 16년(1703)]라고도 불리는 나카야마 야스베는 겐로쿠 아코 사건의 47인 무사 가운데 한 명이다. 47인의 무사 중에서 최고의 검객으로 오이시 구라노스케에 필적하는 검술을 가지고 있으며, 에도 급진파로 불린 세력의 리더 격이었다. 통칭 야스베(安兵衛)로 더 유명하다.

나카야마 야스베는 에치고(越後) 국 시바타(新発田) 번에서 미조구치(溝口) 가문의 가신 나카야마 야지에몬(中山弥次右衛門, 200石)의 장남으로 태어났다. 번 내의 방화사건에 대한 책임을 지고 아버지가 관직에서 물러난 뒤 죽게 되자, 검술을 익혀 검술 사범으로 일하던 나카야마 야스베는 숙질의 연을 맺은 스가노 로쿠로자에몬(菅野六郎左衛門)을 도와 다카다 목장의 결투(高田馬場の決闘)에 참여한다. 3명을 죽이며 스가노 로쿠로자에몬을 도운 나카야마 야스베는 금세 번 내에서 검술 실력이 회자된다. 에도 전체에까지 소문이 날 정도였다.

이 소식을 들은 아코 번의 가신 호리베 가나마루(堀部金丸)가 나카야마 야스베를 양자로 맞고 싶다는 소견을 나타낸다. 그러자 아코 번주 아사노 나가노리가 나카야마 성을 유지하는 조건으로 호리베 가문의 데릴사위로 들어가 양자가 되는 것을 이례적으로 허락한다. 이로 인해 나카야마 야스베는 장인이자 양부인 호리베 가나마루의 가독(장자의 지위)을 잇게 되고, 아코 번 무사들 가운데 일원으로 호리베 다케쓰네라고 불리기도 한다. 『주신구라(忠臣蔵)』에서 나카야마 야스베는 겐로쿠 아코 사건의 중요한 인물로 그려지기도 하고, 독립적으로 나카야마 야스베의 다카다 목장의 결투가 제작되기도 한다.

겐로쿠(元禄) 14년(1701) 1월 28일

기라 요시나카(61세), 신년 축하사절로 고쇼(御所)에 문안하다.

바쿠후는 매년 정월에 해온 고케 기모이리에서 선임된 시샤(使者)를 교토에 파견해서, 조정의 신년 인사를 아뢴다. 그래서 그 인사에 대한 보답으로 조정은 3월에 천황과 상황의 시샤를 보낸다. 쵸쿠시와 인시를 바후쿠에 보내는 것은 의식이 된 것이다.

겐로쿠 14년에 파견된 시샤는 당시 61세였던 기라 고즈케노스케 요시나카였다. 기라 요시나카는 1월 11일 에도를 출발해서, 28일에 교토의 고쇼에 알현하는 임무를 마치고, 2월 24일 교토를 다시 출발해서 닷새 뒤인 2월 29일에 에도로 돌아왔다.

도쿠가와 바쿠후 시대의 일본은 교토에 고쇼에 거주하는 천황이 있었고, 실권을 지닌 쇼군은 지금의 도쿄인 에도에 있었다. 교토 고쇼는 현재 교토에 그대로 보존되어 있는데, 안세이(安政) 2년(1855)에 조성된 것이다.

겐로쿠(元禄) 14년(1701) 2월 4일
아사노 나가노리, 칙사 향응 역을 임명받다.

바쿠후 측에서 쵸쿠시는 쵸쿠시 교오야쿠, 인시에는 인시 교오야쿠를 다이묘에서 선출해서, 조정에서 오는 두 관리들을 접대하도록 했다. 교토 고쇼에 파견되어 천황을 알현하고 돌아온 고케 기모이리는 궁중 예절에도 익숙할 뿐 아니라, 조정의 고위직 인사들과도 친분이 있었다. 그래서 바쿠후에서는 고케 기모이리로 선발된 기라 요시나카를 교오야쿠를 지휘, 지도하는 고케 힛토로 선발했다.

겐로쿠 14년, 쵸쿠시 교오야쿠를 명받아 쵸쿠시 접대 준비를 한 것은 아사노 다쿠미노카미였고, 교오야쿠를 지휘, 지도하는 고케의 힛토(筆頭)로 기라 고즈케노스케가 선발되었다. 전례에 따라서 하는 일이므로 모든 일은 무사히 끝날 상황이었다. 물론 이런 조합은 18년 전인 덴나 3년(1683)에도 있었다. 그때도 기라 요시나카는 고케 힛토로, 쵸쿠시 교오야쿠로는 아사노 다쿠미노카미가 선발되었다. 그러므로 두 사람은 이미 18년간 알고 지낸 사이였다.

2월 4일 교오야쿠로 임명받은 다쿠미노카미는 18년 전의 기록과 5

년 전에 쵸쿠시 교오야쿠를 했던 아내 아부리의 친정에 있는 미요시 아사노 가문의 기록을 점검하고, 전년의 교오야쿠를 했던 시바타 번에서도 정보를 입수해서 만전의 태세를 갖추고, 기라 요시나카의 교토 귀착을 기다렸다.

겐로쿠(元禄) 14년(1701) 2월 29일
기라 요시나카, 에도에 귀착하다.

기라 요시나카는 1월 28일 천황을 만나 신년 축하인사를 하고, 약 한 달 가까운 시간을 교토에 머무르다, 2월 25일 교토를 출발해서 2월 29일 에도로 돌아왔다. 에도로 돌아온 기라 요시나카는 교오야쿠를 지휘, 지도하며, 쵸쿠시와 인시를 맞을 준비를 했다.

도카이도(東海道)를 이용해서 교토에서 에도까지 오는 여정은 일반적으로 12일이 걸리지만, 고즈케노스케는 시간을 절반으로 줄여서 닷새 만에 에도로 귀부했다. 61세의 고령에도 불구하고 서둘러서 돌아온 이유는 쵸쿠시와 인시의 에도 도착이 3월 11일 정해져, 준비를 위한 시간적 여유가 없었기 때문이다.

그러나 이날, 기라 고즈케노스케가 에도로 귀착한 것을 안 아사노 다쿠미노카미가 만나러 기라의 저택에 갔을 때, 두 사람 사이에는 냉기가 흐르게 된다. 다쿠미노카미의 전기 『레이코쿤오덴키(冷光君御伝記)』에는 그날의 상황이 자세하게 기록되어 있다. 기라 고즈케노스케가 아사노 다다쿠미노카미가 면담 중에, 다쿠미노카미의 태도에 불쾌감을 내비쳤다는 것이다. 다쿠미노카미가 사전 준비를 한 결과를 들은 기라 고즈케노스케가 자신의 존재 가치를 위협당한 것 같은 기분을 느꼈던 것 같다. 아사노 다쿠미노카미의 좁은 소견이 고즈케노스케를 자극한 것이 아닌가 싶다.

겐로쿠(元禄) 14년(1701) 3월 11일

초쿠시와 인시, 에도에 도착하다.

초쿠시와 인시는 에도 성 다쓰노구치(辰ノ口)에 있는 덴소야시키 (伝奏屋敷)에 들어와서, 쓰나요시 쇼군을 배알할 준비를 했다. 그때 아사노 다쿠미노카미와 면담을 한 기라 고즈케노스케는 아사노 다 쿠미노카미를 멀리하고 싶어 할 정도의 마음이 되었다. 그래서 입에 담지 못할 욕까지 한 것으로 나타났다.

한편 기라 고즈케노스케와 면담을 한 아사노 다쿠미노카미는 극 도의 체력저하와 신경과민 증세와 속병이 재발되었다. 기라 고즈케 노스케와의 면담에서 생긴 스트레스, 칙사를 맞이하는 부담, 연일 계 속되는 과로로, 속병 증세가 심해졌다.

겐로쿠(元禄) 14년(1701) 3월 12일

초쿠시와 인시, 쓰나요시(綱吉) 쇼군을 배알하다.

지극히 형식적이지만 고쇼에 시샤를 파견하는 것이나, 고쇼에서 초쿠시와 인시를 답례로 보내는 것은 천황과 쇼군의 밀접한 관계성 을 보여주는 사실이다. 쇼군은 지극 정성으로 초쿠시와 인시를 대접 하고, 다음 날인 13일 사루가쿠노(猿楽能)를 베풀어 감상하게 한다. 사루가쿠노는 당시 인기가 있던 무대극이었다.

겐로쿠(元禄) 14년(1701) 3월 14일

아사노 나가노리(35세), 기라 요시나카에게 칼로 상처를 입히다.

나가노리, 당일 할복하다.

기라 고즈케노스케와 아사노 다쿠미노카미 사이에는 이지메(いじ め)가 있었다. 이미 2월 29일 면담에서 심사가 뒤틀려버린 기라 고즈

케노스케는 아사노 다쿠미노카미에게 호의적이지 않았다. 그래서 기라 고즈케노스케는 아사노 다쿠미노카미가 하는 모든 일을 뒤틀어 놓았고, 아사노 다쿠미노카미는 극도로 예민해졌다.

쵸쿠시를 맞는 덴소야시키에 세워놓은 병풍에 대해, 화려한 것을 사용하지 말라고 한 기라 고즈케노스케의 말을 따라 아사노 다쿠미노카미는 묵화 병풍을 세워놓는다. 그러나 순시하던 기라 고즈케노스케는 묵화는 어울리지 않는다고 꾸지람을 한다.

그때 의상에 대해서도 기라 고즈케노스케는 나가카미시모(長裃, 위아래의 무늬와 색깔이 같은 약식 예복)를 입으라고 한다. 그러나 아사노 다쿠미노카미가 나가카미시모를 입고 성에 나타났을 때, 전 중에 있는 다이묘 전원은 다이몬(大紋, 다이묘들이 중요한 날이 입는 정식 예복)을 갖춰 입고 있었다.

요리도 마찬가지였다. 기라 고즈케노스케는 조진료리(精進料理)라고 지시했고, 아사노 다쿠미노카미가 기라 고즈케노스케의 의견을 따라서 조진료리를 준비했다. 그러나 조진료리를 본 기라 고즈케노스케는 아사노 다쿠미노카미를 매도했다.

이와 같이 기라 고즈케노스케는 아사노 다쿠미노카미를 불쾌하게 만들었고, 옹졸하고 예민한 성격의 아사노 다쿠미노카미는 분을 참지 못했다. 그래서 아사노 다쿠미노카미는 마쓰노오로카(松の大廊下)에서 칼부림을 저지르게 된다. "이 순간의 원한을 생각할 수 있는가?"라고 절규하며, 기라 고즈케노스케의 이마와 어깨 부근을 벤다. 그러나 곁에 있던 가지카와 요소베(梶川与惣兵衛)의 만류로 큰 상처를 입히지는 못했다.

아침 8시 즈음에 사건이 발생했고, 바쿠후에는 바로 소식이 전해졌다. 쇼군 쓰나요시는 심히 노하였으나, 소바요닌 야나기사와 요시야스에게 선처를 명했다. 겐사야쿠후쿠시였던 오카도덴 하치로(多門伝八郎)도 야나기사와 요시야스에게 후의를 베풀 것을 권유한다. 그러나 야나기사와 요시야스는 엄중히 처벌할 것을 결정하고, 당일 할복을 명한다. 오후 5시에 할복 장소로 간 아사노 다쿠미노카미 한 시간 뒤에 할복을 한다.

겐로쿠(元禄) 14년(1701) 3월 15일

나가노리의 동생 아사노 다이가쿠(浅野大学), 폐문하다.

아사노 가문에서 봉지를 빼앗는 아코 수성사(赤穂 受城使)를 임명하다.

아사노 다쿠미노카미가 할복을 한 뒤로 아코 번은 혼란에 빠진다. 번주의 할복은 바쿠후로부터 아사노 다쿠미노카미의 허물에 대한 징계가 내려진 것이었으므로, 번주를 잃은 아코 번은 아사노 가문이 번주를 승계할 수 없는 상황이 벌어졌다. 친동생이지만 자식이 없는 형 아사노 다쿠미노카미와 형수 아구리의 양자가 된 아사노 다이가쿠는 형의 할복으로 인해 후계자 계승권을 상실하고 말았다. 그리고 바쿠후는 이어서 아코 번을 아사노 가문에서 박탈하는 수성사를 임명한다.

겐로쿠(元禄) 14년(1701) 3월 17일

아사노 가문이 에도에 마련한 가미야시키(上屋敷)의 수입을 공개하다.

아사노 가문은 다른 다이묘들과 마찬가지로 에도에 거주지를 가지고 있었다. 가미야시키는 에도 성 근처의 교외 저택으로, 바쿠후는 각 번에 가미야시키를 허락한 것이 아니라, 번주 개인에게 하사한 것이다. 가미야시키에는 각 국의 쌀이나 특산물들을 판매할 수 있었는데 이런 수입은 순전히 번주 개인의 것이 되었다. 아사노 다쿠미노카미가 할복을 한 뒤, 바쿠후는 우선 에도에 있는 아코 번주 아사노 다쿠미노카미의 가미야시키의 수입을 공개하는 것으로 번주의 권력이 상실된 것을 공식화했다.

겐로쿠(元禄) 14년(1701) 3월 19일
급사(急使) 제1보, 제2보, 아코에 도착하다.

아코 번주 아사노 타쿠미노카미의 칼부림을 아코 번에 제일 먼저 전한 바쿠후의 시샤(使者)는 하야미 도자에몬(早水藤左衛門)과 가야노 산페이(萱野三平)였다. 이들은 칼부림 사건이 발생하자마자 3월 14일 오후 2시 30분 즈음 아코로 출발했다. 에도에서 아코까지의 거리는 150리(600km) 정도로, 평소라면 약 15일 정도 걸리는 거리이다. 하지만 이들은 잠도 자지 않은 채 달려, 4일 반 정도 걸려 도착한다. 첫 번째 시샤가 도착한 시각은 19일 오전 5시 반 즈음이었다. 그들은 칼부림을 저지른 것을 알렸으나, 아사노 다쿠미노카미의 상태에 대해서는 알려주지 못했다.

첫 번째 시샤에 이어 두 번째 시사는 하라조에몬(原惣右衛門)과 오이시 세자에몬(大石瀬左衛門)이었다. 이들은 첫 번째 시샤들이 사건의 발생에 관해서만 전한 것과 달리, 이미 당일 할복이 이루어진 상황을 전했다. 그들은 19시 오후 8시 반 즈음 아코에 도착했다.

겐로쿠(元禄) 14년(1701) 3월 20일
아코 번 내에서 활용하던 지폐의 교체를 개시하다.

에도로부터 번주 아사노 다쿠미노카미의 칼부림 소식이 전해진 뒤, 아코 번의 무사들이 곧 소집되었다. 번 내에서 동요가 있었지만, 정오 무렵부터 오이시 구라노스케는 에도에 사람을 파견하는 한편,

아사노 다이가쿠의 명을 받아 아코 번 내에서 통용되던 지폐인 한사쓰(藩札)의 교환문제에 착수했다. 번주가 맞이한 곤란한 상황이 한사쓰의 붕괴를 가져올 것을 우려한 것이다.

겐로쿠(元禄) 14년(1701) 3월 26일
기라 요시나카, 직역을 사임하다.

겐로쿠(元禄) 14년(1701) 3월 27일
아코성 내에 대평정을 시작하다.

겐로쿠(元禄) 14년(1701) 4월 12일
가로 오노 쿠로베(大野九郎兵衛) 부자, 도망하여 행방을 감추다.
아사노 다쿠미노카미의 칼부림과 할복이 있고 난 뒤, 아코 번은 적지 않은 요동이 있었다. 기라 고즈케노스케에 대한 즉각적 복수를 주장한 호리베 야스베(堀部安兵衛)와 같은 급진파도 있었고, 바쿠후로부터 수성사가 내려오는 것을 그대로 맞느냐 마느냐에 대한 갈등도 있었다. 그 와중에 수성사가 도착하기 전에 아코 번에서는 기라 고즈케노스케에 처벌에 대한 내용을 담은 탄원서를 바쿠후에 보낸다.
그러나 결국 아코 번은 가로 오노 구로베의 순공개성파의 주장에 따라 순순히 수성사를 맞아들이기로 했다. 그리고 그런 주장을 내세운 오노 구로베는 수성사가 들어오기 전에 아코 번에서 자식과 함께 사라진다.

겐로쿠(元禄) 14년(1701) 4월 18일
수성사(受城使) 와키사카 아와지노카미(脇坂淡路守), 아코에 도착하다.

겐로쿠(元禄) 14년(1701) 4월 19일
아코성 비워주다.

겐로쿠(元禄) 14년(1701) 5월 20일
구라노스케, 엔린지(遠林寺) 주지 유카이(祐海)를 에도에 파견해서, 아사노가(浅野) 가문 재흥 운동을 시작하다.
　오이시 구라노스케가 유카이를 파견한 것은 쇼군 도쿠가와 쓰나요시와 그의 생모 게쇼인(桂昌院)에게 영향력을 끼칠 수 있는 류코(隆光) 대종정 등과 접촉을 시도하기 위해서였다.

겐로쿠(元禄) 14년(1701) 6월 24일
아코의 가가쿠지(花岳寺)에서 아사노 나가노리의 백일째 법요가 열리다.

겐로쿠(元禄) 14년(1701) 6월 25일
오이시 구라노스케, 아코성 관리에서 물러나다.
　아사노가가 단절되고, 아코 번의 무사들은 봉록이 끊겼고, 주거지도 잃었다. 번주 밑의 무사에서 파직당하는 것은 사농공상의 전통사회에서 낭인이 되는 것을 의미했다. 아코 번의 가로였던 오이시 구라노스케도 낭인의 신분으로 전락했다.

겐로쿠(元禄) 14년(1701) 6월 28일
오이시 구라노스케, 교토(京都)의 야마시나(山科)로 이주하다.
　낭인이 된 오이시 구라노스케가 야마시나로 이주한 것은 연고가 있었기 때문이었다. 작은 어머니의 사위인 신도 겐지로(進藤源四郎)가 교토의 고에노(近衛) 가문을 섬기며, 고에노 가문의 토지를 관리하고 있었다. 오이시 구라노스케는 신도 겐지로의 신원보증을 받아, 야마시나에 거주하게 되었다.

겐로쿠(元禄) 14년(1701) 8월 19일

기라 요시나카, 고후쿠바시몬(吳服橋門) 내에서 혼죠(本所)의 첫 번째 야시키(屋敷) 바꾸다.

기라 요시나카는 직역에서는 물러났지만, 아사노 다쿠미노카미의 칼부림과 관련해서는 피해자라고 입장이 정리되어 있었다. 야시키를 이전할 수 있었던 배경에는 기라 요시나카의 야시키 이웃에 야시키가 있었던 도미타(富田) 번주 하치스카 히다노카미(蜂須賀飛騨守)의 요청이 있었다.

겐로쿠(元禄) 14년(1701) 10월 20일

오이시 구라노스케, 교토를 떠나다.

오이시 구라노스케는 이미 기라 고즈케노스케에 대한 복수를 결정하고 있었다. 겐로쿠 아코 사건은 결국 오이시 구라노스케의 1인극으로도 볼 수 있다. 복수를 위해 47명의 무사들을 규합하는 과정은 일본 역사에서 드문 사건이었다. 이 이전에도 복수와 관련된 사건들은 있었지만 전쟁이 아닌 상황에서 주군을 위해 낭인이 된 무사들 가운데 많은 무사들이 죽음을 각오하고 나선 경우는 거의 없었다.

겐로쿠(元禄) 14년(1701) 11월 3일

오이시 구라노스케, 에도에 도착하다.

오이시 구라노스케가 에도에 간 것은 주군 아사노 다쿠미노카미의 복수를 강력하게 주장하는 과격파와 연합해서, 복수 기일을 잡기 위해서였다.

겐로쿠(元禄) 14년(1701) 11월 6일

20살로 추정되는 하시모토 헤자에몬(橋本平左衛門), 유녀 오하쓰(お
初)와 신주(心中)를 하다.

아코 번의 무사였던 하시모토 헤자에몬은 오이시 구라노스케와
의맹의 이름을 올렸지만, 타락한 유녀 오하쓰와 신주라는 동반자살
을 했다. 하시모토 헤자에몬은 의로운 복수를 결정한 아코 번의 무사
들에게 수치스러운 이름이 된다.

겐로쿠(元禄) 14년(1701) 11월 10일

시바(芝)의 마에가와 주다유(前川忠太夫)의 집에 모여, 주군에 대한 복
수를 이듬해 3월로 결정하다.

에도회의라고 불리는 이날 면담은 에도에 올라온 오이시 구라스
노스케의 숙소인 시바 마쓰모토(芝松本) 마치에 있는 마에가와 주다
유의 집에서 주군 아사노 다쿠미노카미의 복수를 결정했다.

겐로쿠(元禄) 14년(1701) 11월 23일

오이시 구라노스케, 에도를 떠나다.

오이시 구라노스케가 에도를 떠난 것은 복수의 기일로 결정한 이
듬해 3월까지 과격파들이 폭주를 할 가능성이 없어진 탓도 있었지
만, 12월 12일 기라 고즈케노스케의 은퇴가 정식 승인되어, 양자 기
라 사효에(吉良 左兵衛)가 가토쿠(家督)를 상속하게 되었기 때문이었
다. 은퇴를 하게 되면 기라 고즈케노스케는 우에스기(上杉) 가문에
의뢰해서, 혼죠의 신야시키를 떠날 우려가 있었다.

겐로쿠(元禄) 14년(1701) 11월 26일

야나기사와 요시야스(柳沢保明), 쇼군 쓰네요시로부터 「요시(吉)」라는 글자를 하사받아, 요시야스(吉保)로 개명하다.

쇼군의 총애를 받아 쇼군의 이름을 하사받은 야나기사와 요시야스는 다이로(大老) 정치를 강화한다. 아사노 다쿠미노카미의 복수에 나선 아코 번의 무사들은 야나기사와 요시야스의 영향력 아래에서 복수에 대한 판정을 받게 된다.

겐로쿠(元禄) 14년(1701) 12월 5일

오이시 구라노스케, 교토로 돌아오다.

오이시 구라노스케가 교토로 돌아온 이유는 12월 15일 장남 마쓰노조(松之丞)의 성인식이 있었기 때문이었다. 마쓰노조는 15세였는데도 불구하고 체구가 컸다. 신장이 5척 7촌(약 173cm)이었던 것으로 알려지고 있다. 거사에 참가한 가장 어린 무사로, 성인식 이후 오이시 지카라(大石主税)라는 이름을 사용한다.

겐로쿠(元禄) 14년(1701) 12월 12일

기라 요시나카, 은퇴하다.

양자 사효에 요시마사(左兵衛義周), 장자로 신분(家督)을 상속받다.

겐로쿠(元禄) 15년(1702년) 1월 11일

제1차 야마시나(山科) 회의를 개최하다.

이에 장남 지카라의 성인식 이후, 야마시나의 오이시 구라노스케의 집에서 제1차 회의가 개최되었다. 참가자는 오야마 겐고자에몬

(小山源五左衛門), 곤도 지로에몬(近藤次郞右衛門), 오노 데라쥬나이(小野 寺十内), 하라 소에몬(原惣右衛門), 오타카 겐고(大高源五) 등이었다.

겐로쿠(元祿) 15년(1702년) 1월 14일
28세의 가야노 산페이(萱野三平), 할복하다.

아코 번의 무사였던 가야노 시게자네(萱野 重實)는 기라 고즈케노스케의 복수 전에 복수를 반대하는 아버지에 대한 효행심과 번주 아사노 다쿠미노카미에 대한 충성심 사이에서 갈등하다가 27세의 나이에 할복으로 생을 마감한다.

겐로쿠(元祿) 15년(1702년) 2월 15일
제2차 야마시나 회의를 개최하다.

야마시나에서 두 번째 회의가 열린 것은 에도 과격파 하라 소에몬(原惣右衛門) 때문이었다. 하라 소에몬은 원래 온건파로서 오이시 구라노스케를 도와 아사노 가문 재흥을 위해 힘썼다. 그러나 겐로쿠 14년(1701) 9월, 복수를 주장하던 급진파를 설득하기 위해 오타카 다다오(大高忠雄) 등과 에도에 갔을 때, 오히려 호리베 다케쓰네(堀部武庸) 등에게 동조해서 급진파의 중심이 되었다. 이후 아사노 가문의 재흥보다 복수 쪽으로 입장이 바뀐다. 그래서 오이시 구라노스케가 복수 날짜가 연기하는 모습을 보고, 하라 소에몬은 오이시 구라노스케가 복수에 대해 다른 생각을 가지고 있는가 하고 의심하게 된다.

이러한 사실을 알고 있는 오이시 구라노스케는 복수에 대한 생각을 자신이 가지고 있지 않는 것이 아님을 설득하기 위한 설득 작업에 나선다. 이날 모임에는 오타카 겐고(大高源五), 요시다 주자에몬

(吉田忠左衛門), 지카마쓰 간로쿠(近松勘六), 가와무라 덴베(河村伝
兵衛), 우시오다 마타노조(潮田又之丞), 나카무라 간스케(中村勘助)
등 게이한(京坂) 과격파 6명이 참석했고, 가와무라 덴베를 제외한 나
머지 사람들은 전부 복수에 참가할 것을 다짐했다. 이들은 아사노 가
문의 재흥보다는 기라 고즈케노스케를 복수하기 원하는 대표적인
과격파들이었다.

오이시 구라노스케는 복수를 하되, 아사노 가문의 재흥 과정을 지
켜보고, 차분히 계획적으로 복수를 하자는 입장이었다. 아사노 가문
의 재흥 과정을 지켜보겠다는 생각은 아사노 다쿠미노카미의 할복
이후 번주의 계승권은 잃었어도, 여전히 아사노 가문의 가독 자리에
있는 아사노 다이가쿠의 부탁 때문이었다. 오이시 구라노스케도 번
주 아사노 다쿠미노카미에 대한 복수에 대한 생각을 가지고 있었지
만, 아코 번주로 회복되는 것과 같은 아사노 가문의 재흥이 더 중요
하다고 생각했다. 오이시 구라노스케는 복수를 주저한 것이 아니라,
무사들의 복수가 아사노 가문의 재흥에 악영향을 끼칠까 봐 염려했
던 것이다.

그러나 과격파들은 아사노 가문의 재흥이 어려울 것이라는 생각
을 가지고 있어서, 무조건 복수에 나서야 한다는 입장을 가지고 있었
다. 따라서 이러한 분위기로 인해 무사들이 단결되지 못하고 분리될
까 염래해서, 오이시 구라노스케는 과격파를 안정시키며 체계적인 복
수를 할 생각을 했던 것이다. 그래서 두 차례의 야마시나 회의를 통
해서, 과격파를 설득하며 복수와 관련한 총체적 주도권을 확보했다.

겐로쿠(元禄) 15년(1702년) 4월 15일
오이시 구라노스케, 처자와 이별하다.

야마시나 회의에서 과격파를 설득한 오이시 구라노스케는, 그전부터 해온 방탕한 생활을 이어나갔다. 오이시 구라노스케는 주군의 할복 뒤에 낭인이 되어 실의에 빠진 사람처럼 행동하고 있었던 것이다. 오이시 구라노스케가 이렇게 방탕한 생활을 한 이유는 아코 번의 무사들이 복수를 계획하고 있다는 소문이 흘러나가, 기라 고즈케노스케 쪽에서 사람을 보내 오이시 구라스노스케를 감시하고 있다는 풍문이 있었기 때문이다. 오이시 구라노스케는 4월 15일 아내 리구를 친정으로 돌려보낸 뒤, 본격적으로 유곽을 돌아다니며, 자신의 뒤를 따라붙은 의혹의 시선을 떼기 시작했다.

겐로쿠(元禄) 15년(1702년) 7월 18일
아사노 다이가쿠(浅野大学), 히로시마(広島)의 아사노 본가(浅野 本家)에 넘기다.

아사노 가문의 재흥을 오이시 다쿠미노카미에게 부탁했던 아사노 다이가쿠에 대한 바쿠후의 정식 판결이 내려졌다. 처분은 폐문은 해제하지만, 신병은 아사노 가문의 본가 당주인 히로시마(広島) 번주 아사노 아키노카미(浅野安芸守)에게 넘기는 것이었다. 아사노 다쿠미노카미의 가독은 상속할 수 있었지만 영지인 아코 번은 물려받지 못하게 된 것이다. 결국 아사노 다이가쿠의 가문 재흥의 꿈을 무너지게 되었다.

겐로쿠(元禄) 15년(1702년) 7월 28일

마루야마(円山) 회의를 개최하다.

복수를 결정하다.

아사노 다이가쿠의 아사노 본가 이주가 결정될 즈음, 에도과격파인 호리베 야스베는 다수의 무사들과 함께 교토에 머물고 있었다. 하라 소에몬의 유지에 따라 복수 계획이 전해졌지만 오이시 구라노스케는 이듬 해 3월까지 자중할 것을 당부하는 편지를 보냈다. 6월 29일 교토에 도착한 호리베 야스베는 계획추진을 위해 오타카 겐고와 함께 동지 규합을 위해 움직였고, 7월 25일 에도의 오쿠다 마고다유(奥田孫太夫)로부터 편지로 아사노 다이가쿠에 대한 바쿠후의 처분을 알게 되었다. 그러한 가운데 오이시 구라노스케는 교토마루야마에 동지들을 소집했다.

겐로쿠(元禄) 15년(1702년) 10월 7일

오이시 구라노스케, 교토를 떠나다.

맏아들 지카라를 떠나보낸 오이시 구라노스케는 우시오다 마타노조(潮田又之丞)와 함께 교토를 떠난다. 복수를 위한 계획을 지휘하기 위해서였다.

겐로쿠(元禄) 15년(1702년) 10월 26일

오이시 구라노스케, 가와사키(川崎) 히라마무라(平間村)에 도착하다.

히라마에키무라에 오이시 구라노스케가 자리를 잡자, 무사들은 거의 매일같이 오이시 구라노스케를 찾아와서 정보를 제공했다. 오이시 구라노스케는 복수에 관한 고코로에쇼(心得書)를 발표한다.

겐로쿠(元禄) 15년(1702년) 11월 5일

오이시 구라노스케, 에도에 도착하다.

니혼바시고쿠초(日本橋石町)에 숙소를 정하다.

에도에 도착한 오이시 구라노스케는 아코 무사들을 지휘하면서, 복수 준비에 총력을 다 한다. 무사들도 에도 시중에 잠복하면서, 복수의 날을 기다린다. 그들은 기라 고즈케노스케의 집 주변을 정찰하면서, 경계망을 주의 깊게 살폈다. 기라 고즈케노스케가 거주하는 저택의 그림 도면을 구해서, 비상구와 탈출구가 있고, 복잡한 내부구조를 가진 저택 구조를 이해했다.

겐로쿠(元禄) 15년(1702년) 11월 29일

오이시 구라노스케, 긴긴우케하라이쵸(金銀請払帳)를 요제인(瑤泉院)에게 제출하다.

복수 직전, 오이시 구라노스케는 아코 번주 아사노 다쿠미노카미의 미망인 요제인에게 복수의 결의를 담은 서신을 보내서, 복수가 집행될 것을 알렸다.

겐로쿠(元禄) 15년(1702년) 12월 2일

후카가와 하치만마에(深川 八幡前)의 찻집에서 최후의 집회를 하다.

복수의 마음가짐을 나타내다.

겐로쿠(元禄) 15년(1702년) 12월 5일

최초 복수 예정일. 야나기사와(柳沢) 저택 성축으로 연기하다.

겐로쿠(元禄) 15년(1702년) 12월 14일

아코 무사들, 기라의 저택에서 복수하다. 요시나카를 죽이다.

사위가 어두운 새벽 미명, 오이시 구라노스케를 비롯한 47명의 무사들이 기라 고즈케노스케의 저택에 잠입, 아코 번주 아사노 다쿠미노카미의 복수를 결행한다. 주군이었던 아사노 다쿠미노카미가 제거하려던 기라 고즈케노스케를 비롯, 가족과 경호인들을 살해한다. 아코 무사들은 오모테몬타이(表門隊)와 우라몬타이(裏門隊)의 두 개 조로 나뉘어서 행동을 했다. 호리베 야헤의 집에 모인 23명의 무사들이 오모테몬타이로, 스기노 주헤이지의 집에 모인 24명의 무사들이 우라몬타이가 되었다.

오모테몬타이(表門隊)

오이시 구라노스케 요시타카(大石内蔵助良雄, 43세)

하라 소에몬 모도토키(原惣右衛門元辰, 55세)

가타오카 겐고에몬 다카후사(片岡源五右衛門高房, 36세)

마세 규다유 마사아키(間瀬久太夫正明, 62세)

호리베 야효에 가나마루(堀部弥兵衛金丸, 76세)

도미모리 스케에몬 마사요리(富森助右衛門正因, 33세)

하야미 도자에몬 미쓰타카(早水藤左衛門満尭, 39세)

오쿠다 마고타유 시게모리(奥田孫太夫重盛, 56세)

야다 고로에몬 스케타케(矢田五郎右衛門助武, 17세)

가이가 야자에몬 토모노부(貝賀弥左衛門友信, 53세)

오타카 겐고 다다오(大高源五忠雄, 31세)

오카시마 야소에몬 쓰네키(岡島八十右衛門常樹, 37세)

요시다 사와에몬 가네사다(吉田沢右衛門兼貞, 28세)

다케바야시 다다시치 다카시게(武林唯七隆重, 32세)

무라마쓰 기헤 히데나오(村松喜兵衛秀直, 61세)

가쓰타 신자에몬 다케타카(勝田新左衛門武尭, 23세)

오노데라 고에몬 히데토미(小野寺幸右衛門秀富, 27세)

하자마 주지로 미쓰오키(間十次郎光興, 25세)

야토 에몬시치 노리카네(矢頭右衛門七教兼, 28세)

요코카와 간페이 무네토시(横川勘平宗利, 36세)

간자키 요고로 노리야스(神崎与五郎則休, 37세)

지카마쓰 간로쿠 유키시게(近松勘六行重, 33세)

오카노 긴에몬 가네히데(岡野金右衛門包秀, 23세)

우라몬타이(裏門隊)

요시다 주자에몬 가네스케(吉田忠左衛門兼亮, 62세)

오노데라 주나이 히데카즈(小野寺十内秀和, 60세)

하자마 기헤 미쓰노부(間喜兵衛光延, 68세)

이소가이 주로자에몬 마사히사(磯貝十郎左衛門正久, 24세)

우시오다 마타노조 다카노리(潮田又之丞高教, 34세)

아카바네 겐조 시게카타(赤埴源蔵重賢, 34세)

오이시 지카라 요시카네(大石主税良金, 15세)

나카무라 간스케 마사토키(中村勘助正辰, 47세)

스가야 반노죠 마사토시(菅谷半之丞政利, 43세)

후와 가즈에몬 마사타네(不破数右衛門正種, 33세)

센바 사부로베 미쓰타다(千馬三郎兵衛光忠, 50세)

기무라 오카에몬 사다유키(木村岡右衛門貞行, 45세)

구라하시 덴스케 다케유키(倉橋伝助武幸, 33세)

하자마 신로쿠 미쓰카제(間新六光風, 23세)

마에바라 이스케 무네후사(前原伊助宗房, 39세)

오쿠다 사다우에몬 유키타카(奧田貞右衛門行高, 25세)

무라마쓰 산다유 다카나오(村松三太夫高直, 26세)

마세 마고쿠로 마사토키(間瀬孫九郎正辰, 22세)

가야노 와스케 쓰네나리(茅野和助常成, 36세)

미무라 지로자에몬 가네쓰네(三村次郎左衛門包常, 36세)

데라사카 기치에몬 노부유키(寺坂吉右衛門信行, 38세)

오이시 세자에몬 노부키요(大石瀬左衛門信清, 26세)

호리베 야스베 다케쓰네(堀部安兵衛武庸, 33세)

스기노 주헤이지 쓰기후사(杉野十平次次房, 27세)

겐로쿠(元祿) 15년(1702년) 12월 15일

아코 무사들의 신병을 인도받기 위해서 다이묘 네 가문이 출동하다.

주군의 복수를 위해 47명의 무사들이 복수에 나섰다는 사실은 도쿠가와 바쿠후로서는 충격이었다. 다이묘 네 가문에서 천 명이 넘는 무사를 출동시켜, 무사들을 인도받았다. 호소가와(細川) 가문에서 875명, 마쓰다이라(松平) 가문에서 304명, 모리(毛利) 가문에서 200여 명, 미즈노(水野) 가문에서 150여 명이 출동했다고 기록되어 있다.

겐로쿠(元祿) 15년(1702년) 12월 23일

바쿠후에서 평정이 행해지다.

아코 무사들의 복수에 관해서는, 바쿠후의 최고 사법기관이었던 효죠쇼(評定所)는 아코 무사들에 관한 처분을 논의하기 위해 14인의 평정인이 출석해서 평정을 거행했다. 평정 결과, 기라 가문은 기라 고즈케노스케의 아들 기라 사효에는 할복, 가신들은 참수, 주겐(中間)들은 추방이었다. 기라 가문을 도운 우에스기 가문에 대한 처분은 영지 몰수였다. 아코 무사들의 복수에 대한 처분은 충효에 의한 것이나 무리를 짓는 도당은 안 된다. 재발은 내용에 따라 판정하겠다는 입장이었다. 효죠쇼의 판정은 아코 무사들에게 비교적 관대한 편이었다. 당시 사회적인 분위기도 무사들이 주군을 위해 복수했다는 사실에 대해서 의로움을 인정하는 분위기였다.

  그러나 효죠쇼의 판정을 받아 든 것은 야나기사와 요시야스였다. 그러나 그때 효죠쇼의 판정과 달리, 바쿠후의 로추(老中)들은 무사들의 참수를 결정한 상태였다. 야나기사와 요시야스는 유학자들과 오규 소라이(荻生徂徠)에게 상담을 청했다. 그들의 답변은 무사들은 충신이지만 심야 난입과 집단행동을 한 것이 인정되어 할복을 명하는 것이었다. 그렇게 되면 무사들에게는 집단행동으로 인한 의로움을 인정해서 세간에 면목을 세워주는 것이고, 사회적 안정 차원에서는 처벌을 이루어서 일거양득이라는 뜻이었다. 야나기사와 요시야스는 그 안을 받아들여 쇼군 도쿠가와 쓰나요시에게 전한다.

  겐로쿠 16년 2월 1일, 쇼군 도쿠가와 쓰나요시는 우에노(上野)의 간에이지(寬永寺)의 고자이 덴노(後西天皇)의 6번째 아들로 천태종 승려로 출가한 고벤홋신노(公弁法親王)의 의견을 묻는다. 그러자 세간의 화제가 된 이 사건에 대해 고벤홋신노는 "그들이 목적을 달성한 이상 죽음을 면하게 하는 것은 그들의 이름을 영구히 전하게 하는 것은 아니다."라는 답변을 한다. 그 순간 쇼군 도쿠가와 쓰나요시는 결단하고, 무사들은 의로운 죽음인 할복을 하는 운명을 맞게 된다.

겐로쿠(元禄) 16년(1703년) 2월 4일

아코 46명의 무사, 할복하다.

기라 요시마사(吉良義周)는 시나노 다카시마(信濃高島)로 유배되다.

아코 무사들은 한 장소에서 할복을 하지 않았다. 다이묘 네 가문에 나뉘어 있었으므로, 각자의 처소에서 할복을 집행했다. 호소가와 가문에 있던 오이시 구라노스케 등 17인은 바쿠후의 명을 받드는 겐사(檢使)가 도착한 2시 즈음, 점심 식사를 마치고 마지막 순간을 맞았다. 호소가와 가문의 할복장은 다이쇼인마에(大書院前)의 넓은 정원이었고, 전원 할복이 끝난 시간은 오후 5시 30분 즈음이었다.

마쓰다이라 가문에 나뉜 10명의 무사들은 호소가와 가문의 할복보다 늦게 시작되었다. 오후 4시쯤 할복이 시작되어, 5시 즈음 할복이 끝난 것으로 추정된다. 모리 가문에서 할복은 오후 4시가 넘어 시작되어서, 마쓰다이라 가문과 마찬가지로 5시 즈음에 끝이 났다. 여기에서도 10명의 무사들이 할복을 했다. 미즈노 가문에서는 9명의 무사가 오후 4시에 전원 할복을 끝낸 것으로 알려지고 있다.

호소가와 가문에서 무사들의 할복이 끝난 뒤, 무사들의 유해는 센가쿠지(泉岳寺)로 운구되었고, 다른 세 가문에서 할복을 한 무사들의 유해도 순서대로 운구되었다. 무사들에게는 「刃」와 「劔」의 두 글자를 사용한 계명이 주어졌고, 45구의 유체가 운구되었다. 모리 가문에서 할복한 하사마 신로쿠의 유체는 로쥬 아키모토 다지마노카미(秋元但馬守)의 가신을 통해서 가족에게 전달되었기 때문이다.

한편 무사들이 할복을 명받아 실행을 한 그날, 기라 고즈케노스케의 양자인 기라 사효에 요시마사(吉良左兵衛義周)도 바쿠후의 처분을 받아 영지를 바쿠후에 상납하고, 신병이 시나노(信濃) 국 다카시마(高島) 번의 스와 아키노카미(諏訪安芸守)에게 넘겨진다. 이로 인해 기라 가문은 단절된다.

우에스기 가문에게는 우에스기 쓰나노리(上杉綱憲)와 우에스기 요시노리(上杉吉憲) 부자에게 근신명령이 하달되었다. 무사들의 처분에 대해서 효죠쇼의 의견을 무시한 대신, 기라 측의 처분안을 받아들인 형태였다.

바쿠후의 처분이 행해지고 3년이 지난 호에이(宝永) 3년(1706) 1월 20일, 기라 고즈케노스케의 양자인 기라 사효에 요시마사는 지병인 오코리(瘧, 말라리아)로 21세의 나이로 사망한다.

겐로쿠(元禄) 16년(1703년) 4월 27일

46명의 무사의 유해 가운데, 15세 이상인 자를 이즈 오시마(伊豆大島)로 유배하다.

호에이(宝永) 원년(1704년) 6월 2일

우에스기 쓰나노리(上杉綱憲, 42세), 에도에서 죽다.

호에이(宝永) 원년(1704년) 8월 8일

기라 요시나카의 처 도미코(富子, 62세), 에도에서 죽다.

호에이(宝永) 1년(1706년) 1월 20일

기라 요시마사(기라 요시마사, 22세), 유배지 시나노 다카시마에서 죽다.

호에이(宝永) 원년(1704년) 8월 12일

쓰나요시(綱吉)의 생모 게쇼인(桂昌院)의 1주기 대사면으로, 오시마로 유배된 유해들, 사면되다.

호에이(宝永) 6년(1709년) 1월 10일
쇼군 쓰나요시(綱吉, 64세), 죽다.

호에이(宝永) 6년(1709년) 8월 20일
쓰나요시 서거에 따른 대사면으로, 아사노 다이가쿠(浅野大学) 사면되다.

호에이(宝永) 7년(1710년) 9월 16일
아사노 다이가쿠, 500석을 하사받고, 아사노 가문 재흥되다.

쇼토쿠(正徳) 3년(1713년)
구라노스케(内蔵助)의 자식 다이자부로(大三郎), 아사노 본가에 1,500석을 받고 고용되다.

쇼토쿠(正徳) 4년(1714년) 6월 3일
요제인(瑶泉院, 43세), 죽다.
아코 번주 아사노 나가노리의 복수를 결행한 47인의 무사들을 후원한 아구리는 남편이 할복을 한 이후, 출가하여 요제인이라는 이름으로 승려가 되었다. 아구리는 남편 사후, 무사들의 복수와 사면 등을 위해 노력했다.
오이시 구라노스케가 복수를 결정한 후, 무사들의 생활비와 요제인의 화장료로서 아코의 염전에서 상납된 자금을 오이시에게 맡겨, 무사들을 응원했고, 복수를 후원했다. 아코 무사 47인이 기라를 복수하고 거사 후 46인이 할복한 후, 아구리는 이즈 오시마(伊豆大島)에 남겨진 15세 이상의 아코 무사들 4인의 사면운동에 주력했고, 호에이 3년(1706) 쇼군 도쿠가와 이에쓰나(德川家綱)의 27주기 기념식에

3인의 사면을 실현시켰다.

쇼토쿠 4년(1714), 미요시 아사노 교외별장에서 향년 41세로 사망했고, 남편 아사노 나가노리와 함께 에도 다카나와(高輪) 센가쿠지(泉岳寺)에 묻혀 있다.

교호(享保) 8년(1723년) 6월 22일
오카도 덴파치로(多門伝八郎, 65세), 죽다.

통칭 덴파치로로 불린 오카다 시게토모(多門重共)는 겐로쿠 아코 사건과 관련해서, 아사노 나가노리를 취조하고, 할복 뒤에 후쿠겐시야쿠(副検死役) 부검사역으로 참여한 인물이다. 『다몬힛기(多門筆記)』를 집필해서, 아사노 나가노리의 최후의 모습을 상세하게 기록했다.

엔쿄(延享) 4년(1747년)
데라사카 기치에몬 노부유키(寺坂吉右衛門信士, 83세), 죽다.

아코 무사 47명 가운데 한 명으로, 기라 고즈케노스케에 대한 복수에 나선 인물인 데라사카 기라에몬은 할복을 하지 않는다. 우라몬다이에 속해서 거사에 참여했다. 할복 직후, 아코 무사의 일행으로 센가쿠지로 인도될 때, 데라사카 기라에몬의 모습은 보이지 않았다. 데라사카 기라에몬이 할복을 하지 않은 이유에 대해서는, 복수 직후 도망을 했다는 설, 복수 후에 오이시 구라노스케의 밀명을 받고 일행과 떨어졌다는 설, 최하급 신분의 무사로 복수에 참가한 데라사카 기라에몬을 껄끄럽게 여긴 오이시 구라노스케가 달갑게 여기지 않아 도망가는 것을 놓쳤다는 설 등이 있으나, 정확한 진상은 불분명하다. 훗날 발표된 주신구라모노(忠臣蔵物)에서는 오이시 구라노스케가 전하는 밀명을 받고, 주군 아사노 다쿠미노카미의 부인 요제인과 히로

시마에 칩거하고 있던 아사노 나가히로에게 가는 것으로 묘사되고
있기도 하다.

간엔(寬延) 원년(1748년)

오사카의 다케모토 자(竹本座)에서 닌교조루리(人形淨瑠璃) 「가나데혼 주신구라(仮名手本忠臣蔵)」 초연하다.

세간에 화제가 된 겐로쿠 아코 사건을 소재로 해서, 에도 시대를 대표하는 근단 다케모토 자(竹本座)에서, 다케다 이즈모(竹田出雲), 미요시 쇼라쿠(三好松洛), 나미키 소스케(並木宗輔)가 구성해서 닌교조루리 작품으로 발표되었다.

간엔(寬延) 2년(1749년) 2월 6일

에도(江戸)의 모리타 좌에서 가부키(歌舞伎) 「가나데혼 주신구라(仮名手本忠臣蔵)」 초연하다.

이성민 ─────────────────────────────────────

1966년생

숭실대학교 영어영문학과 및 동 대학원 영어영문학과 졸업

고려대학교 대학원 영어영문학과 미국문학 박사과정 수료(영문학 박사)

고려대학교 일어일문학과 및 동 대학원 일어일문학과 졸업

고려대학교 대학원 중일어문학과 일본문학 박사과정 수료

KBS 21기 공채 아나운서 입사

현) KBS 본사 아나운서실 차장 재직 중

　　백석예술대학 외국어학부 겸임교수 재직 중

『윌리엄 포크너의 미국주의』

가나데혼 주신구라의
비극성

초 판 인 쇄 | 2012년 3월 2일
초 판 발 행 | 2012년 3월 2일

지 은 이 | 이성민
펴 낸 이 | 채종준
펴 낸 곳 | 한국학술정보㈜
주 소 | 경기도 파주시 문발동 파주출판문화정보산업단지 513-5
전 화 | 031) 908-3181(대표)
팩 스 | 031) 908-3189
홈 페 이 지 | http://ebook.kstudy.com
E - m a i l | 출판사업부 publish@kstudy.com
등 록 | 제일산-115호(2000. 6. 19)

ISBN　　　978-89-268-3194-6 93830 (Paper Book)
　　　　　978-89-268-3195-3 98830 (e-Book)

이 책은 한국학술정보㈜와 저작자의 지적 재산으로서 무단 전재와 복제를 금합니다.
책에 대한 더 나은 생각, 끊임없는 고민, 독자를 생각하는 마음으로 보다 좋은 책을 만들어갑니다.